레전드급 낙오자 4

홍성은 장편소설

초판 1쇄 찍은 날 § 2020년 9월 10일
초판 1쇄 펴낸 날 § 2020년 9월 17일

지은이 § 홍성은
펴낸이 § 서경석

총괄팀장 § 노종아
편집책임 § 강서희
디자인 § 소소연

펴낸곳 § 도서출판 청어람
등록번호 § 제387-1999-000006호
등록일자 § 1999. 5. 31
어람번호 § 제1-3083호

주소 § 경기도 부천시 부일로 483번길 40 서경B/D 3F (우) 14640
전화 § 032-656-4452 팩스 § 032-656-4453
http://www.chungeoram.com
E-mail § chungeorambook@daum.net

ISBN 979-11-04-92258-9 04810
ISBN 979-11-04-92131-5 (세트)

레전드급 9
낙오자

레전드급
낙오자

목차

Chapter 1

　나는 브뤼스만과의 백문백답을 끝냈다.

　브뤼스만은 세상이 끝난 것 같은 표정으로 하늘을 올려다보고 있었다. 그런 놈의 표정을 보고 난 문득 유쾌해져 웃었다.

　"하핫!"

　"크흑……!"

　브뤼스만은 살려고 노력했다. 인벤토리에 그래도 쿠폰 몇 개를 남기려고 내게 거짓말을 했으며, 자기가 숨겨둔 보물 창고가 있다는 둥, 이대로 날 죽이면 후회할 거라는 둥, 악당이

남길 만한 유언은 모조리 했다.

물론 그것들 중 소용이 있는 건 없었다.

[거짓 간파의 권능]

잭 제이콥스가 내게 물려준 이 권능이 빛을 발했으니.

물론 잭 제이콥스는 내가 자신에게 이 권능을 물려줬음을 모를 테지만, 그리고 그는 여전히 이 권능을 소유하고 있겠지만 그건 별로 중요한 사항이 아니다. 중요한 건 내가 이 권능을 소유하고 있다는 사실 하나지.

결과적으로 브뤼스만은 내게 거짓말을 함으로써 놈이 숨겨둔 보물 창고가 없으며 후회할 거리는 전혀 없다는 걸 확실히 알려줬을 뿐이다.

브뤼스만의 인벤토리 속 쿠폰? 그건 억지로 꺼냈다. 꺼낼 방법이 원래는 없었지만, 방금 전에 생겼다. 이것도 다 브뤼스만 덕이다.

이름: 이진혁
직업: 괴도

이게 뭐냐고? 내 새 직업이다.

지금으로부터 몇 분 전, 나는 [레벨 업 마스터]를 켜 직업소
개소를 열었다. 히든 전직 직업을 육성하느라 주리 리와 상담
하는 건 꽤나 오랜만이었다.

　―오래간만에 뵙습니다, 국가영웅님.

　"그래, 간만이네. 미안하군, 자주 불러내지 못해서."

　―저는 제 자리에서 역할을 다할 뿐입니다. 그래도 이진혁
님의 보탬이 될 일이 생겼다는 건 기쁘네요. 무슨 일로 부르
셨는지요?

　그런 주리 리의 질문에 나는 후, 하고 짧게 웃었다. 옆에서
브뤼스만이 내 목소릴 듣고 있었다. 물론 들으라고 방치하고
있는 거였다.

　"혹시 다른 사람의 인벤토리를 소매치기할 수 있는 직업이
있을까?"

　내 질문을 들은 브뤼스만의 표정이 굳었다. 호흡까지도 멈
춘 것 같은 놈의 반응에 나는 웃음을 참느라 고생해야 했다.

　―일반적으론 범죄입니다만, 가능은 합니다. 인류연맹을 포
함한 여러 세력에서 이 직업을 가진 상태인 것만으로도 입국
이 거부되는 경우가 있으니 주의하시기 바랍니다. 물론 인류
연맹은 국가영웅님께서 어떤 직업을 갖고 계시든 항상 환영합
니다만.

　"알았어. 어떤 직업이야?"

그렇게 해서 주리 리에게 안내받은 직업이 바로 괴도였다.

사실 미리 이 수단을 확보해 뒀으면 일이 더 스무스하게 흘러갔겠지만, 굳이 브뤼스만과 백문백답까지 진행한 후인 지금에야 이런 단계를 밟는 이유는 두 가지가 있었다.

첫 번째 이유는 그 전에 전직해 봐야 어차피 잡을 적이나 몬스터가 없어서 레벨 업이 곤란했고, 두 번째 이유는 내 의도를 드러냄으로써 브뤼스만의 반응을 즐기기 위해서였다.

두 번째 이유는 말할 것도 없고, 첫 번째 이유도 방금 전에 충족되었다. 브뤼스만에게서 뜯어낸 [레벨 업 티켓]이 바로 그 해결 수단이다. 비록 히든 전직 직업에는 소용이 없다는 치명적인 단점은 있으나, 일반 직업의 빠르고 쉬운 레벨 업에 이보다 더 좋은 수단이 없다.

그래서… 올렸다.

도적—20레벨
의적—20레벨
괴도—20레벨

이게 괴도의 테크트리였다. 그랬다. 괴도는 3차 직업이었다. 주리 리는 무려 3차 직업의 만렙을 찍으라고 조언한 거였다. 뭐, 내가 요구한 사항이긴 하지만 말이다.

"하긴 그렇지. 다른 사람 인벤토리 열어보는 게 쉬우면⋯ 아무튼 안 되지."

납득한 나는 차례차례 [레벨 업 쿠폰]을 찢기 시작했다. 결국 괴도까지 올리느라 쿠폰을 34장이나 소모해야 했다. 아무리 브뤼스만이 내게 질문의 답의 값으로 지불한 쿠폰을 사용해 올린 거라지만 아깝지 않을 수는 없다.

만약 이렇게 해서 얻은 스킬이 쓸모가 없었다면 그랬겠다는 소리였지만 말이다.

[플레이어의 것은 플레이어에게]

─등급: 전설(Legend)

─숙련도: 연습 랭크

─효과: 대상 플레이어의 인벤토리에 있는 아이템을 하나 훔친다. 지정한 아이템을 훔치는 경우, 아이템의 등급에 따라 성공률이 달라진다. 훔칠 아이템을 지정하지 않을 경우 랜덤한 하나를 훔친다. 스킬 사용자의 솜씨, 직감, 행운 능력치 합계와 대상의 행운, 직감, 솜씨 능력치 합계의 차이에 따라 성공률이 달라진다. 대상에게 인벤토리를 방어하는 스킬이 있을 경우 실패할 수 있다.

그리고 티켓을 그만큼 쓴 보람은 있었다.

한 번에 하나씩만 훔칠 수 있는 게 단점으로 보이지만, 사실 이건 도적의 1레벨 스킬 패시브로 훔치는 개수를 늘릴 수 있기 때문에 큰 단점이 안 된다. 능력치 차이 때문에 아예 못 쓰는 경우도 생긴다지만, 적용되는 세 능력치가 전부 999+인 내게는 해당되지 않는 단점이다.

게다가 뭐 급한 일이 있는 것도 아닌데 지금 내가 쿨 같은 걸 신경 쓰게 생겼는가? 쿨이 와도 기다렸다 다시 쓰면 그만이다.

그래서 나는 실제로 그렇게 했다.

[플레이어의 것은 플레이어에게]

─등급: 전설(Legend)

─숙련도: S랭크

─S랭크 보너스: 확률적으로 인벤토리 방어 효과/스킬/특성 등의 효과를 완전히 무시한다.

스킬을 S랭크로 찍을 때까지 말이다.

"와, 고객님. 많이도 들고 계셨네요."

그 결과, 나는 사용한 것보다 더 많은 양의 레벨 업 쿠폰을 돌려받을 수 있었다. 100장이 넘어가니 단순 계산으로도 세 배 이상으로 불린 거다.

이뿐만이 아니었다. 브뤼스만이 쟁여둔 '진짜'는 레벨 업 쿠폰을 '따위'라고 말할 정도였다.

[스킬 쿠폰], [랭크 업 쿠폰], [히든 직업 전직 쿠폰], [신성 부여 쿠폰]……. 찢는 것만으로 스킬을 얻고 숙련도 랭크 업도 스킬 포인트 없이 무료로 해줄 뿐만 아니라, 특정 히든 직업에 전직 퀘스트도 없이 전직시켜 주고 신성까지 쿠폰으로 다 얻을 수 있다니.

왜 이제까지 브뤼스만이 교단에서 절대적인 영향력을 행사할 수 있었는지 알 수 있었다. 어지간한 플레이어는 이 쿠폰 하나만 얻을 수 있다면 말로라도 충성을 맹세할 것이다.

"그런데 여기에 [지배의 권능]까지 갖고 있었으니, 진짜 대단하긴 했겠다. 그렇지?"

물론 다 과거의 일일 뿐이다. 지금의 브뤼스만에겐 권능 스킬이 하나도 남아 있지 않다. 이젠 다 내 것이니 말이다. 비단 권능 스킬만일까? 내가 [플레이어의 것은 플레이어에게로] 빼먹은 게 쿠폰뿐일 리 만무하지 않은가?

나는 브뤼스만에게서 팬티 한 장 남기지 않고 탈탈 털어먹었다. 지금 놈의 몸을 가리고 있는 건 놈을 꽁꽁 묶은 밧줄뿐이다.

즉, 브뤼스만은 현재 인벤토리 안에 땡전 한 푼 없는 알거지다.

"에비."

사실 브뤼스만이 입고 있는 팬티도 전설급 골동품이었다. 말이 골동품이지 괜히 전설급이 아닌지라 이것저것 효과가 붙어 있었고, 앤티크 취급을 받아 가격도 상당히 비싸 보였다.

나는 그 골동품을 불 속에 던져 태웠다.

아무리 전설급 유물이라도 이 아저씨랑 팬티를 공유하고 싶은 마음은 없었다. 괜히 전설급은 아니라서 내구도가 높아 보통 불엔 불붙기는커녕 연기도 피해갈 터였지만, 팬티를 태우는 불도 보통 불은 아니었다. 스킬 [이진혁]으로 일으킨 불이니 말이다.

팬티는 화르륵 하는 소릴 내며 단번에 한 줌 재가 되었다.

"큭, 크흑······."

그렇게 자신의 팬티가 불타는 광경을 본 브뤼스만은 결국 눈물을 보이고 말았다.

비록 [봉인의 권능]에 당해 스킬창을 열지는 못하겠지만, 놈도 모르지는 않을 것이다. 자신의 권능이 모두 나에게 와 있다는 걸. 거기에 인벤토리까지 다 털려 재기의 기반을 모조리 잃었으니, 좌절할 만도 했다.

팬티가 불타는 광경은 브뤼스만에게 있어 꽤나 상징적으로 다가왔을 것이다.

"나, 이거 알아."

나는 일부러 천진한 말투로 말했다.

"너, 보물 고블린이지?"

브뤼스만의 울음소리가 조금 더 커졌다. 그 울음소리에 분노와 억울함이 섞인 것 같은 건 내 착각만은 아니리라.

*　　　*　　　*

솔직하게 말해 인류연맹이 창고를 털어주는 보상보다도 브뤼스만 하나 털어서 얻은 게 더 많았다. 인벤토리를 털기 전에도 브뤼스만이 준 게 많긴 했지만 말이다.

물론 새로 얻은 권능 스킬들도 그렇지만, 다른 것들도 많다.

나는 시스템 메시지 창을 쭉쭉 올려 내가 얻은 것들을 되새김질해 봤다.

―레벨 업!
―레벨 업!
―구체제의 진정한 배후를 처치하셨습니다! 혁명력 +100
―이진혁 님께 포지티브 카르마가 부여됩니다: 204점.

음, 이렇게 보니 별로 많이 얻진 않았네. 하지만 경험치창을 열어보면 브뤼스만이 준 경험치가 실로 막대하다는 걸 알 수 있다. 그야 그렇다. 2차 히든 전직의 후반 레벨을 두 개나 올려줄 정도면 어지간한 악마 왕, 악마 대왕보다도 경험치를 많이 줬단 소리니.

브뤼스만이 준 포지티브 카르마가 생각보다 낮았던 건 뭐, 예상이 됐다. 이놈 일하는 스타일이 그랬다. 부하를 굴렸으면 굴렸지, 본인은 좀처럼 안 나서는 타입이었으니 말이다. 본인의 손을 더럽힌 적은 별로 없었으리라.

무엇보다 막대했던 보상은 역시 혁명력이었다. 악마 왕을 하나 죽여야 겨우 1이 오르는 혁명력이 이놈 한 번 죽였다고 100이 올랐다. 구체제의 진정한 배후라는 거창한 타이틀까지 붙은 덕이겠지. 이건 놈을 여기서 또 한 번 죽인다고 다시 얻을 수 있는 보상은 아니라는 게 아쉽다.

혁명력이 어째서 막대한 보상이냐고? 그건 이 스킬 덕이다.

[세계를 혁명하는 힘]
─등급: 세계 정상(World Top)
─숙련도: F랭크
─효과: 세계를 혁명하는 힘, 혁명력을 다룰 수 있게 된다.

세계혁명가 20레벨을 찍어야 비로소 등장한 이 스킬은 이제껏 혁명력을 모으는 데에만 집중되었던 여타 혁명가 스킬들과는 차원을 달리한다. 등급부터가 그렇다. 그것들은 세계 상위급의 스킬이었지만, 이 스킬은 세계 정상급이었으니.

스킬 설명은 또 추상적이기 그지없으나, 스킬 효과는 실로 혁명적이었다. 딱 한 번 써보고 나는 곧장 스킬 포인트를 투자해 숙련도를 올리는 것을 주저할 수 없었다.

혁명력을 사용하면 구체제의 질서를 무시할 수 있다.

이렇게만 하면 별것 아닌 것처럼 느껴질 것이나, 그 질서라는 것의 범위가 터무니없이 넓다는 게 이 스킬의 대단한 점이었다.

일단 내가 연습 랭크에서 이 스킬을 사용했을 때 처음으로 무시한 구체제의 질서가 뭐였냐면, 그것은 바로 시간의 흐름이었다.

시간의 흐름을 무시했다. 이것을 주관적으로 받아들이자면, 이렇게 표현할 수 있다.

"내가 시간을 멈췄다."

말이야 간단하지만 내가 이제껏 얻은 시간이나 시점 관련 스킬들 중 가장 훌륭하다고 해도 절대 과언이 아니다. [퀵 세이브]—[퀵 로드]로 시간을 되돌려 봤자 능력의 한계는 뛰어넘을 수 없다. 절대적인 전투력의 차이는 극복할 수 없다는 뜻이다.

그러나 시간 정지는 차원이 달랐다.

세계의 모든 것이 멈췄고, 그 속에선 나만 움직일 수 있다. 멈춰진 시간을 인지하는 것도 나뿐이고, 멈춰진 시간 속에서 생각할 수 있는 것도 나뿐이다.

나보다 훨씬 강한 상대라도 정지된 시간 속에선 무방비해질 수밖에 없다. 내 쪽은 상대의 반격을 걱정할 것 없이 일방적으로 공격을 퍼부을 수 있다.

즉, 상대가 시간 정지에 대항할 수단이 없는 한, 거의 무적에 가까운 능력이라 해도 된다.

훌륭하다!

이 스킬의 무궁무진한 활용 범위에 비하면 조잡하기 그지없으나, 딱 이 활용법만 감안하더라도 혁명력을 '막대한 보상'이라 일컫는 데 나는 조금도 망설일 수 없다.

그리고 어째서 세계혁명가가 선멸자에 이은 2차 히든 전직인지도 납득했고 말이다.

*　　　　*　　　　*

─혁명!

─구체제의 상징과 구체제의 배후를 모두 처치함으로써, 완전무결한 혁명을 성공시켰습니다. 이 세계에는 새로운 체제가 성립될 것입니다. 혁명력 +100

이건 악마 황제 알렉산드로스를 처치했을 때 본 시스템 메시지다. 별 생각 없이 시스템 메시지를 스크롤하다 보니 너무 많이 내려왔군.

알렉산드로스를 107번 죽였다는 건 단순히 브뤼스만을 위축시키기 위해 한 거짓말이 아니다. 그 악마 황제는 진짜 맛있었다. 107번 죽일 때까지 경험치를 줬으니 말이다.

더 이상 경험치를 얻을 수 없게 된 시점에서, 나는 울며불며 내게 살려달라고 비는 악마 황제의 몸을 갈라 코어를 꺼내 비토리야나에게 던져주었다.

"바짝 말린 건어물 맛이네요."

악마 황제의 코어를 맛본 비토리야나의 감상은 단출했다. 뭐, 그만큼 경험치를 빨린 시점에서 많은 마기를 흡수할 수 있을 것이라곤 기대도 안 했을 거다.

혁명 메시지는 그렇게 악마 황제를 완전히 소멸시킨 후에나 볼 수 있게 되었다. 그리고 그 혁명의 영향은 내게 혁명력 100을 더해준 것으로 끝나지 않았다.

만마전이라 불렸던 세계가 녹기 시작했다. 지옥의 악마가 코를 풀어낸 것처럼 싯누렇던 하늘은 파랗게 맑았고, 바짝 말라 비틀어졌던 토양에는 건강한 흙내가 나기 시작했다.

─멸망했던 세계가 재건되었습니다.

─당신은 세계의 구세주가 되었습니다.

─새로운 세계의 이름을 지어주십시오.

이건 진짜 상상도 못했던 메시지였다. 난 그냥 혁명을 했을 뿐인데 세계가 재건되다니. 그리고 내가 마치 그 새 세계의 아버지인 양 명명권까지 떠맡게 되다니. 좀 부담스럽기도 했지만, 나쁜 기분은 아니었다.

"…블루 마블."

고민 끝에, 나는 한때 지구의 별명 중 하나였던 단어를 입에 올렸다.

사실 뉴 테라 같은 것도 생각했지만, 그건 뉴욕 같아서 별로였다. 이 세계가 지구의 식민지도 아닌데 식민지 경영하던 제국주의자들처럼 이름을 지을 순 없지 않은가?

그리고 혁명군들이 창천이니 뭐니 소릴 지르면서 돌격해 싸우지 않았는가? 내 입장에선 그들의 의향도 존중한 작명법이었다.

─당신은 [블루 마블] 세계의 구세주입니다. 세계가 고마워합니다.

─구세주 레벨: 10

―보상으로 당신에게 [세계의 힘 파편]이 999개 주어집니다.

이 메시지를 봤을 때, 나는 이런 표현을 했었다.

"와!"

[그랑란트]에선 온갖 고생……. 아니, 그걸 고생이라고 표현하긴 좀 그랬지만 아무튼 지루한 반복 작업과 노가다를 통해 찍었던 구세주 레벨 10이었다. 그런데 이걸 처음부터 주고 [세계의 힘 파편]도 거의 몰아주다시피 하다니.

이래서야 책임감이 생겨 버리잖아. 이 [세계의 힘 파편]을 그냥 먹튀하면 안 될 것 같다. 적어도 여기서 반 이상을 쓰고 가야 양심이 덜 아플 것 같았다.

그리고 이건 좀 억울했던 건데, 이 세계가 만마전이 되어버린 후에 태어난 현대 악마들이 진화해 '청마인(Blue Demonic Human)'이라는 인류종으로 바뀌어 버렸다. 악마들을 잡아 배를 불릴 수 있었던 나도 기회를 잃어 억울하지만, 가장 억울해했던 건 당연히 비토리아나였다.

"나도 아직 악만데! 저 버러지들이 왜 먼저! 으아아아아!!"

당연한 건지 어떤 건지는 모르겠지만, 고대 악마종인 비토리아나는 혁명의 효과를 받지 못했다. 타천사인 루시피엘라는 말할 것도 없고 말이다.

"아마도 현대 악마라 불리던 종은 만마전이 정상적인 세계였다면 정상적으로 태어났어야 할 영혼들이겠죠. 하지만 마계와 마기의 영향을 진하게 받은 탓에 현대 악마라는 혼종으로 태어난 것일 테고요."

"현대 악마라는 종 자체가 혼종이었단 가설인가……. 하긴 그렇겠네. 악마 또한 신의 사도일 텐데, 우리를 만들어낸 신이 존재하지 않음에도 악마로 태어났으니. 사실 그걸 악마라 불러야 할지도 의문이긴 했지."

비토리야나가 아직도 억울함으로 비롯된 눈물을 다 훔치지도 않은 채, 루시피엘라의 가설에 고개를 끄덕였다.

"청마인이라는 아예 새로운 종이 된 건, 글쎄요. 세계가 정상화됨에 따라 저들도 반쯤은 정상화가 된 결과물 아닐까요?"

"태생적인 한계도 그렇거니와, 몸에 남은 마기야 어쩔 수 없지."

"그건 그렇고, 부럽기는 하네요."

그나마 악마들과 종이 다른 루시피엘라는 별로 억울해하진 않았지만, 그녀도 청마인들을 부러워하는 건 마찬가지였다.

"이렇게 된 이상, 이진혁 님께서 얼른 신위에 오르시기만을 바랄 뿐입니다."

그게 가능은 한 일인가 싶긴 했지만, 난 일단 고개를 끄덕였다.

뭐, 그런 대화를 나눴었다.

그나마 다행이라고 해야 하나, 좋았던 일은 이번 혁명으로 새로 탄생하게 된 청마인들이 날 신앙의 대상으로 삼아 이진혁교에 입교시킬 수 있게 되었다는 점이었다. 그들도 이제 인류종이니 이제 종교를 가질 수 있게 되었다.

─시대정신이 자결주의에서 종교적 열정으로 바뀌었습니다.
─세계의 구체제인 봉건제가 소멸하고, 신체제인 신정국가가 성립했습니다.
─세계 종교: 이진혁교

아무리 그래도 이 정도가 되어버릴 줄은 몰랐지만 말이다.

브뤼스만이 주도한 '가나안 계획'에 의해 거의 멸종 상태에 몰렸던 그랑란트의 인류 종족들과 달리, 청마인들은 우글거릴 정도로 번성하고 있었고 다 함께 혁명이라는 강렬한 체험을 한 상태라 이렇게 되어버린 것 같았다.

물론 세계가 인정한 세계 종교로 떠오른 것도 영향이 있기는 하겠지. 내가 딱히 개입하지도 않았음에도, 이진혁교의 신도는 빠르게 늘어나고 있었다. 청마인들이 열정적으로 서로가 서로에게 전도하고 간증하는 덕이었다.

―이진혁교로 인해, 매 7분마다 1씩의 신앙이 쌓입니다.

그리고 그 효과는 실로 강렬했다. 그랑란트에서도 이진혁교의 세가 꽤 커지긴 했지만, 매일 10 좀 넘게 신앙이 쌓이는 정도였다. 그런데 7분마다 1씩이면……. 얼마야? …아무튼 하루 100은 넘을 거다!

악마를 죽여서 신앙을 1씩 쌓지 못하게 된 건 분명 아쉬운 일이지만, 청마인들이 지속적으로 생산하는 신앙의 양은 장기적으로 보면 더 많아질 터였다. 말하자면 수렵에서 농경으로 바뀐 것이나 다름없는 변화였다.

청마인들이 번성하고 그 종교적 열기가 더해갈수록 신앙이 더 빠른 속도로 쌓이고 내 격의 상승도 그만큼 이른 시기에 이뤄지리라.

"좋은 일이지."

나는 혼잣말을 하며 고개를 끄덕였다.

"죽여라."

그때, 목소리가 들렸다. 그제야 난 시스템 메시지 로그를 끄고 목소리가 들린 쪽을 바라보았다. 목소리의 주인은 바로 브뤼스만이었다.

그랬다. 브뤼스만은 아직 살아 있었다. 내가 살려뒀다.

"더 이상 능욕하지 말고 깨끗하게 죽여줘……. 내 재산도

다 털었다면 이제 만족했을 것 아닌가! 죽여라!!"

브뤼스만은 발악하듯 외쳤다.

난 빙긋 웃으며 그를 쳐다보았다.

"내가 말했지."

브뤼스만이 뭔가 섬뜩한 거라도 본 듯 입을 다물고 낯빛을
파랗게 물들였다.

"거래에 제대로 임했다면 깨끗하게 죽여줄 수도 있었어. 하
지만 넌 정당한 거래에 임하지 않고 내게 거짓말을 하고 사기
를 치려고 했지. 이제 내가 널 깨끗하게 죽여줄 이유가 없어."

"그, 그럼 어쩌겠다는 건가?"

"적절한 대가를 치러야겠지."

그래, 적절한 대가.

나는 방금 전에 브뤼스만의 인벤토리에서 훔쳐낸 스킬 쿠
폰 네 개를 뜯어 스킬을 익혔다. [생명력 착취], [체력 착취], [마
력 착취], [내력 착취]. 여기에 카자크에게서 뜯어내 지금까지
잘 쓴 [흡마신공]까지 합치면 스킬 승화가 가능해진다.

하지만 나는 스킬 승화로 만족할 생각이 없었다.

나는 상태창의 세계탭을 열어 [세계의 힘 파편]을 지불해 미
리 봐뒀던 월드 스킬 몇 개를 구매했다. [레벨 드레인], [소울
드레인], [에너지 드레인]. 괜히 만마전이었던 세계가 아닌지,
사악해 보이는 스킬들이 있었다. 물론 내겐 좋은 일이었다.

마지막으로 악마들을 상대할 때 [신산귀모]로 뜯어내 두었던 [흡혈] 스킬과 [흡정] 스킬. 두 스킬 모두 정리해고를 피해 간 건 애초에 [흡마신공]의 융합 재료로 낙점해 놨기 때문인데, 이게 이렇게 쓰이네. 많이도 뜯어낸 탓에 둘 다 +5 강화된 상태였다.

종족 조건이 맞지 않아 사용할 수 없다는 메시지가 떴지만 어차피 합성 재료로 쓸 거라 상관없었다.

자, 이걸로 조건은 만족되었다.

―동일 계열 스킬을 10개 이상 소유하고 있습니다.

―[스킬 초월]이 가능합니다. 실행하시겠습니까?

[주의!] 스킬 초월에 사용한 스킬은 다시 얻을 수 없습니다.

"스킬 초월은 오랜만이로군……."

여전히 스킬 초월에는 다섯 자리에 달하는 막대한 스킬 포인트가 필요했지만, 내겐 지불 능력이 있었다.

이것도 저것도 다 브뤼스만 덕이다. 나는 브뤼스만의 인벤토리에서 나온 [스킬 포인트 티켓]을 묵묵히 찢으며 생각했다.

아니지, 이게 왜 이놈 덕이야? 내가 유능한 거지.

잘 생각해 보니 역시 브뤼스만 덕은 아니었다. 마침내 깨달음을 얻은 나는 마지막 티켓을 쫙 찢으며 호쾌하게 외쳤다.

"실행!"

열 개에 달하는 스킬들의 힘이 뒤섞이며 빛을 냈다. 물론 단순한 빛은 아니다. 빛은 그냥 현상일 뿐, 실제로는 스킬의 원자들이 부딪히며 새로운 힘을 창조해 내는 위대한 광경이다. 몇 번을 봐도 아름답다. 뭐, 나도 스킬 초월은 서너 번밖에 안 해봤지만 말이다.

그리고 마침내 결과물이 나왔다.

[착취의 권능] +10

─등급: 권능(Power)

─숙련도: 초월 랭크

─효과: 착취한다.

들어간 재료에 비해 상당히 심플한 권능 스킬이 튀어나왔다. 얼마나 심플한지 스킬 설명도 네 글자가 전부였다.

뭐, 당황할 일도 아니다. 이랬던 게 한두 번도 아닌데. 써보면 자연히 알게 되겠지.

나는 [착취의 권능]을 사용했다. 대상은 말할 것도 없이 당연히 브뤼스만이었다.

"끄아아아압!"

사용하자마자 브뤼스만의 비명이 귓전을 때렸지만, 나는 아

랑곳하지 않았다. 대신 나도 모르게 감탄사를 내지르고 말았
다.

"오!"

브뤼스만을 대상으로 정하고 스킬을 사용하자마자 나는 이
새로운 권능 스킬의 진정한 활용법에 대해 알게 되었다.

"네 모든 게 보여, 브뤼스만."

뭘 건드리면 뭐가 빨려 들어올 건지 즉각적으로 이해했다.
이 부분은 레벨이로군. 여길 건드리면 생명력을 빨 수 있을 거
야. 단순히 물리적으로 피를 빨 수도 있지만, 스킬 초월의 재
료 스킬에는 없었던 옵션인 능력치 흡수가 가능한 것도 매력
적이다.

하지만 무엇보다도 매력적인 건 특성까지도 착취할 수 있다
는 거였다. 사실 특성뿐만이 아니라 이름, 나이, 심지어 종족
까지도 착취할 수 있었지만, 그런 건 내게 별로 매력적으로 여
겨지지는 않았다.

사소한 문제점은 사용 조건인데, 상대를 완전히 제압하고
생사여탈권까지 쥘 것이 그 조건이었다. 그리고 대상에 대한
악감정이 깊을수록 더 많은 걸 착취할 수 있었는데, 나와 브
뤼스만 사이의 악연은 이러한 사용 조건과 착취 제한을 아무
것도 아닌 걸로 만들어놓았다.

그러니 결론은 심플해졌다.

"내놔!"

나는 즉시 브뤼스만의 고유 특성을 착취하기로 결정했다.

"끄, 끄아아아악!!"

브뤼스만의 비명과 함께 나타난 그의 고유 특성은 이러했다.

[쿠폰 발행인]

─등급: 고유(Unique)

─랭크: EX랭크

─설명: 자신, 혹은 다른 대상의 능력 일부를 쿠폰으로 만들 수 있다. 다른 대상에게 사용하기 위해서는 동의를 얻을 필요가 있다.

"이야, 이거 좋네!"

나는 탄성을 내질렀다.

＊　　　　　＊　　　　　＊

사실 약간은 예상도 했었다. 브뤼스만과 대적하게 된 입장에서 놈이 어떤 고유 특성을 지니고 있었는지에 대해서는 생각을 안 할 수가 없기도 했고, 그동안 힌트가 없었던 것도 아니니까.

[레벨 업 쿠폰]이야 세계 퀘스트를 수행하면서 보상으로 얻을 수도 있지만, 다른 쿠폰들은 어디서 굴러 나오는지 힌트조차 없었다. 게다가 그 효과도 너무 기상천외하다. 숙련도를 채워주고 전직도 시켜주고 신성까지 얻게 해준다니.

카자크가 그렇게 갑자기 강해져서 튀어나온 게 아니라면 브뤼스만 본인의 증언이었더라도 믿기 어려웠을 거다.

더군다나 이런 좋은 걸 브뤼스만 혼자 독점하고 있었다. 이건 거의 확실하다. 그렇지 않았더라면 교단의 브뤼스만 일파가 브뤼스만에게 바쳤던 그 충성도는 설명이 안 된다. 만약 이런 쿠폰들을 다른 데서 구할 수 있었다면 그렇게까지 목 멜 필요는 없었을 테니 말이다.

결국 이 의문에 도달할 수밖에 없었다.

브뤼스만은 대체 어디서 이런 쿠폰들을 구했을까?

답은 이거다.

브뤼스만이 쿠폰을 발행할 수 있는 능력을 독점하고 있다. 고유 스킬이건 뭐건.

하지만 [신산귀모]로 훑어본 결과, 브뤼스만이 소유한 스킬 중엔 그럴듯한 게 없었기 때문에 자연히 고유 특성이라는 결론에 이르렀다.

그 가설이 지금 사실로 밝혀졌다.

"끄헉! 허억! 흐윽! 흑, 흑흑……."

고통에서 벗어난 건지 브뤼스만의 비명이 잦아들었고, 그것
은 곧 비통한 흐느낌으로 변질되었다. 자신의 특성을 내게 빼
앗겼다는 걸 인지한 모양이었다. 난 그런 그의 어깨에 손을 올
리고 조용한 목소리로 위로하듯 요구했다.

"레벨 업 쿠폰 좀 뽑자. 레벨 내놔."

"조까."

아니, 그렇게 심한 말을?

"[지배의 권능]!"

화가 난 나는 냅다 권능 스킬을 놈에게 처먹였다.

브뤼스만이 이렇게 다종다양한 쿠폰을 소지할 수 있었던
건 [지배의 권능] 덕이었을 것임을 난 짐작하고 있었다. 누가
자기 스킬 빼서 쿠폰 만들겠다는 데 동의를 하겠는가? 제정신
이면 동의를 할 리가 없지.

반대로 말하면, 제정신이 아니게 만들면 된다.

[지배의 권능]의 발동 조건은 상실감과 패배감. 그리고 브뤼
스만은 그 조건을 만족시킨 상태였다. 권능 스킬의 힘은 브뤼
스만의 심장을 움켜쥐었고, 놈은 반항할 수단을 갖지 못했다.

"자, 레벨 내놔!"

그리고 나는 조금 전의 요구를 다시 한번 했다. 이번에는
다른 대답을 기대하며 말이다.

"…알겠, 습니다. 주인, 님."

브뤼스만은 이번에는 내 요구에 동의했다. [지배의 권능]에 걸려들어 어쩐지 말투가 로봇처럼 변하긴 했지만, 이건 카자크에게서도 이미 들었던 정보다. 완전히 지배의 힘이 안착되어 자연스럽게 내게 충성하게 되기까진 적어도 일주일 이상의 조련 과정을 거쳐야 한다고 그랬었지.

어쨌든 놈이 동의함과 동시에 내 [쿠폰 발행인] 특성이 발동하면서 그의 귀에서 익숙한 비주얼의 쿠폰이 지이잉 하는 소리와 함께 출력되었다.

다름 아닌 [레벨 업 쿠폰]이었다.

"…크큭! 좋았어!! 더 내놔라, 이놈아!"

"알, 겠, 슴미… 다아……."

지이잉… 지이잉… 지이잉……. 지이이이이잉…….

광란의 착취 파티다!

*   *   *

광란의 착취 파티가 끝났다.

"끅, 윽, 윽, 윽……."

그렇게 내게 거의 모든 걸 착취당한 후유증 때문인지, 브뤼스만은 바닥을 나뒹굴며 간헐적인 신음 소리를 내고 있었다.

사실 그럴 만도 했다. 현재 그의 능력치는 전부 1; 신성과 내공을 비롯한 추가 능력치도 모조리 박탈당한 상태이며, 레벨도 무직 1레벨이었다.

스킬란은 텅 비어 있을 것이며 특성란도 마찬가지. 종족란에도 대천사와 천사도 없는 그냥 쌩 인간으로 되어 있었다. 내가 쓸 일은 없을 테지만 일단은 권능 스킬 슬롯도 빼앗아 버렸다.

물론 이 모든 것들은 전부 쿠폰이 되어 내 인벤토리에 차곡차곡 쌓였다.

"여기에 종족과 이름까지 착취하면, 아마도 넌 아무것도 아닌 존재가 되어버리고 말겠지."

이건 브뤼스만 본인이 직접 증언한 내용이다. 최소한의 정체성을 유지해 주는 요소까지 모조리 쿠폰화시켜 빼앗아 버리면 그 존재는 그 자리에서 무너져 내려 아무것도 아니게 되어버리고 만다고.

이게 가설이 아니라 확고한 진실이라고 증명되기까지 얼마나 많은 근거가 쌓였을까? 예상컨대 놈은 적어도 수십 명, 혹은 더 많은 숫자의 인간을 상대로 착취를 자행하여 그런 상태로 만들어본 적이 있으리라.

그리고 사실 난 그 대답을 안다.

"자, 자비를……!"

나는 놈을 하인으로 부릴 생각이 없었기 때문에 브뤼스만에게 걸어놓았던 [지배의 권능]도 풀어놓은 상태였다. 애초에 [쿠폰 발행인] 특성의 요구 조건이 동의가 아니었다면 놈에게 지배를 걸 일도 없었을 것이다.

그렇다. 브뤼스만은 지금 제정신이었다. 그럼에도 불구하고 놈은 바닥의 먼지를 씹으며 내게 자비를 구하고 있었다.

"이제까지 몇 명을 지금의 너처럼 만들었냐? 아니, 대답할 필요는 없어. 넌 이미 대답했거든."

대답은 '지금까지 먹은 빵의 개수를 기억하고 있지 않음과 같습니다'였다. 수없이 많다는 소리겠지. [지배의 권능]에 걸린 상태가 아니라면 절대 대답하지 않았을 질문이었다. 하지만 놈은 대답했다. 높임말로 말이다.

"그걸 알면서도 자비를 베풀어달라고 하다니, 양심이 있는 거야?"

"자비를……!"

내 비난에도 브뤼스만은 자비를 구하길 멈추지 않았다. 그 생애에 대한 집착은 높이 사야 할지도 모르겠다는 생각마저 들었다.

동시에 지금 당장 놈의 목을 쳐 죽여 버리고 싶다는 충동을 간신히 참아냈다.

비록 레벨도 능력치도 1로 돌아간 놈이지만, 그러니 죽여도 경험치도 안 나오겠지만 그럼에도 불구하고 브뤼스만의 생명에는 아직도 가치가 남아 있었다.

＊　　　　＊　　　　＊

"오, 왔군."

나는 차원문이 출현할 기미를 미리 느끼고 몇 발자국 떨어졌다. 아니나 다를까, 곧 차원문이 열렸다. 그리고 그 차원문에서 나온 사람은 놀랍게도 잭 제이콥스 본인이었다.

"잭 제이콥스, 교단의 임시 총통이 직접 온 거야? 바쁠 텐데."

"교단의 은인을 뵙는데 아무나 보낼 수는 없죠. 더군다나……."

잭 제이콥스의 시선이 브뤼스만을 향했다.

"교단의 공적을 사로잡으셨다는 말에는 정말 깜짝 놀랐습니다."

"응, 그렇게 됐어."

나는 싱글싱글 웃었다.

"보상은 기대해도 되겠지?"

"그야 물론이죠."

그랬다. 브뤼스만에게 남은 가치란 건 바로 현상금이었다. DEAD OR ALIVE, 생사 불문의 현상금이긴 했지만 당연히 살려서 데려오는 쪽이 보상이 더 좋을 것이라는 판단하에, 나는 놈을 살리기로 결정했다.

"아, 이놈한테 사형이 언도되면 날 꼭 불러서 내가 처형하게 해줘. 이놈한텐 아직 뽑아먹을 카르마가 남았을 거라서."

무직 레벨 1이라 죽여도 경험치는 받을 수 없겠지만, 놈의 네가티브 카르마는 아직 넘치도록 남아 있을 터였다. [착취의 권능]으로 확인해 봤으니 확실하다.

그러니 나는 보상의 일부로 놈의 처형권을 받아 놈에게 쌓여 있는 네가티브 카르마를 포지티브 카르마로 전환해서 받아먹을 생각이었다.

"알겠습니다. 판결 후에 처형일이 잡히면 반드시 연락드리겠습니다."

임시 총통이긴 하지만 잭 제이콥스는 엄연히 교단의 수장이다. 브뤼스만의 사형 언도도, 처형권이 내게 양도되는 것도 거의 확실시 되었다고 봐야지.

"아, 그렇지. 잠깐만."

나는 브뤼스만을 향해 [기아스]를 사용했다.

"[자살하지 마]."

혹시나 스스로 목숨을 끊으면 아까운 포지티브 카르마가 허공에 증발할 테니, 당연한 조처였다. 잭 제이콥스도 흡족히 고개를 끄덕였다.

"배려에 감사드립니다."

"뭘, 나 좋으라고 하는 건데."

난 웃으며 겸양했다.

"놈! 네놈! 이놈!!"

지금까지 멍하니 있다가 이제야 상황을 받아들인 브뤼스만이 소릴 지르기 시작했다. 아직도 저럴 체력이 남아 있었다니 놀라운 일이다. 놈의 체력은 1일 텐데.

"이걸로 끝이라고 생각지 마라! 내가 끝이 아니야! 내가 끝이 아니라고! 이 대가는 반드시 치러야 할 거다! 반드시… 반드시! 끄흐흐흑……!!"

자기가 생각해도 말이 안 될 것 같은지, 브뤼스만은 저주를 퍼붓다가 결국 못 버티고 눈물을 쏟고 말았다.

"여기가 만마전이라니 정말 믿기지 않는군요."

그런 브뤼스만의 울음소리를 들은 체 만 체하며, 잭 제이콥스는 이제는 만마전이 아닌 세계의 하늘을 올려다보았다.

"그렇지? 나도 아직도 가끔 그런 생각해."

오늘도 하늘은 맑았다. 새싹이 가득 난 벌판에 상쾌한 바람이 불었다. 정말 좋은 날씨였다.

"만마전과의 전쟁을 이런 식으로 끝내시다니……. 대체 무슨 수를 쓰신 겁니까?"

나는 잭 제이콥스를 보며 의미심장하게 웃었다. 그리고 이렇게 대답했다.

"잘."

문득 브뤼스만의 울음소리가 그쳤다. 혼절한 모양이었다.

*　　　*　　　*

굳이 그럴 필요 없다는 데도, 잭 제이콥스는 만마전과의 전쟁에서 사용된 전비를 보상해 주고 추가적으로 교단의 적을 무찌른 것에 대한 감사패와 훈장을 전달하겠다고 말했다.

나도 강하게 거절하지는 않았고, 미처 거절하진 못하겠다는 태도를 견지했다. 본심과는 다르게 말이다.

본심? 당연히 받아야지. 그러나 나도 어느 정도 사회성이란 걸 기른 몸이다. 그렇다고 생각한다. 그러니 어느 정도 내숭 비슷한 거라도 떤 것에 불과하다.

뭐, 여하간.

잭 제이콥스는 울다 지쳐 혼절한 브뤼스만을 연행해 교단으로 돌아갔다. 연행보단 짐짝처럼 짊어지고 갔다는 표현이 더 어울리는 광경이었다.

아직 재판이 남아 있고 처형을 해야 하긴 할 테지만, 브뤼스만과의 인연은 이걸로 끝이라고 정리해도 될 것 같은 분위기였다.

"그건 그렇고, 나는 이제 어쩌지?"

나는 새로운 고민에 휩싸였다.

본의 아니게 만마전을 정리해 버리면서 새롭게 레벨 업을 할 사냥터를 찾아내야 할 처지가 되었다. 하긴 어차피 만마전을 그대로 뒀어도 어지간한 악마 상대론 경험치를 쌓지도 못할 정도로 커버렸으니 이걸 후회하는 건 말이 안 된다.

"알렉산드로스를 너무 많이 죽였어……."

그랬다. 나는 지나치게 강해져 버리고 말았다. 나보다 강한 놈을 찾아간다는 수준이 아니다. 나한테 경험치라도 줄 놈이 있을까 걱정해야 할 처지가 됐다.

사실 히든 2차 전직 만렙이면 한계돌파를 지니지 않은 다른 플레이어들 입장에선 완전히 성장을 끝마치고도 남는 거나 마찬가지지만, 세계혁명가로서도 20레벨로 정상적인 만렙을 찍은 거나 마찬가지지만.

그래도 나는 레벨 업을 더 하고 싶었다.

세계혁명가 50레벨은 달아봐야지!

"에이, 설마 사냥터가 없겠어?"

가슴 한구석에 차가운 불안함이 스쳐 지나갔지만, 나는 애써 외면했다. 그럴 리가 없다. 그래서는 안 된다. 안 그래도 히든 전직 직업은 [레벨 업 쿠폰]으로도 레벨 업을 못 하는데.

"…일단 정보를 좀 모아봐야겠군."

브뤼스만이 남긴 의미심장한 마지막 통곡. 그것만이 희망이었다.

"이걸로 끝이라고 생각지 마라! 내가 끝이 아니야! 내가 끝이 아니라고! 이 대가는 반드시 치러야 할 거다! 반드시……. 반드시! 끄흐흐흑……!!"

"제발 그 말이 헛소리가 아니길!"
그게 내 간절한 바람이었다.

Chapter 2

"분신님, 분신님."

마라 파피야스의 12,257번째 분신은 자신을 부르는 마구니 두령의 목소리에 눈을 떴다.

"마라 파피야스라고 부르라고 했잖아."

신경질적으로 말했지만, 이 마구니 두령이 자신의 말을 들을 리 없음을 12,257번째 분신은 잘 알고 있었다.

이제는 존재조차 하지 않는 마라 파피야스 본신을 기다리며, 마구니들은 분신들을 절대 마라 파피야스라 부르지 않았다. 아무리 협박하고 실제로 불이익을 줘도, 심지어 보는 앞에서 다른 마구니 두령의 목을 날려도 변하지 않았다.

체념할 때도 됐을 텐데, 12,257번째 분신이 끈질기게 자신을 마라 파피야스라 부르라 요구하는 것은 스스로가 생각하기에 자신은 마라 파피야스이기 때문이다.

'뭐, 분신이니 당연한가.'

자조적으로 생각하며 12,257번째 분신은 입을 꾹 닫은 채인 마구니 두령을 노려보았다.

"뭐냐, 말해."

"네, 분신님. 3,752번째 분신이 소멸했습니다."

12,257번째 분신은 두 눈을 깜박였다.

"뭐라고?"

"마라 파피야스 님의 3,752번째 분신, 스스로를 브뤼스만 라이언폴드라 칭하던 지구인 출신의 마구니가 소멸했습니다."

12,257번째 분신은 다시 한번 두 눈을 깜박였다.

"다시 말해봐."

"믿기 힘든 것도 이해는 합니다만 분신님, 슬슬 입 아픈데 그만하시면 안 됩니까?"

마구니 두령이 기어오르는 것도 하루 이틀 일이 아니다. 이 정도로 분노를 터뜨릴 12,257번째 분신이 아니었다.

"아니, 지구인 출신의 3,572번째 분신이란 게 뭐야?"

"3,752번째 분신입니다, 분신님."

마구니 두령이 정정했다.

"그게 중요해?"

"중요하죠."

사실 중요하긴 하다. 지금 12,257번째 분신이 열심히 일하는 것도 사실상은 앞의 숫자 자릿수를 좀 줄여보려고 하는 거니까.

'내가 마라 파피야스인데, 앞에 숫자가 많으면 이상하잖아.'

하지만 중요한 건 오직 자신의 숫자뿐이다. 타인의, 그것도 스스로를 마라 파피야스라고 주장할 것 같은 또 다른 분신의 넘버링이 12,257번째 분신에게 중요할 리가 없다.

그래서 12,257번째 분신은 대수롭지 않게 넘겼다. 대수로울 건 따로 있었으니.

"지구인 출신인데 어떻게 내 분신이 돼?"

"마라 파피야스 님의 분신입니다, 분신님."

"아, 씨. 이 새끼가 진짜."

무의미한 말싸움을 이어나가기엔 12,257번째 분신의 호기심 쪽이 너무 컸다.

"이름도 브뤼스만이라 자칭하는 놈이 어떻게 3,572번째 분신이 되냐고! 그것도 지구인 출신? 원래 마라 파피야스가 아니었다는 소리잖아!"

"그건 중요하지 않습니다."

"그놈의 넘버링은 중요하고?"

"중요하죠."

무의미한 말싸움을 그만하고 싶은데, 마구니 두령 쪽이 재미라도 들인 모양이었다.

"확 목을 쳐버릴까 보다."

"아무튼 분신님, 진짜 중요한 건 따로 있습니다. 이진혁이라는 자가 마구니를 소멸시킬 수 있다는 게 그겁니다. 분신님도 안전하지가 않다고요."

듣고 보니 진짜 중요한 것 같았다. 아니, 그런 것 같았지만 잘 생각해 보니 역시 별것 아닌 거 같기도 했다. 그러나 자신의 판단에 확신을 가질 수 없었던 12,257번째 분신은 조금쯤 조심스러운 태도를 취해보기로 했다.

"…마구니야 죽으면 죽는 거 아니었어?"

"보통은 그렇죠."

맥이 탁 풀렸다.

"그런데 그게 왜?"

"브뤼스만, 그러니까 지구인이었던 쪽을 안 죽이고 마구니 쪽만 소멸시켰거든요."

12,257번째 분신은 그제야 상황을 이해했다.

"…그게 가능해?"

"보통은 불가능합니다."

"그렇지?"

소름이 오소소 돋았다. 그럴 만한 이유가 있었다.

"그, 이진혁이 우리가 작업 친 적이 있던 그 이진혁 맞아?"

"맞습니다."

"…니 책임이네?"

"우리 책임이죠?"

"아니, 내 책임이로군. 내가 책임자니까."

12,257번째 분신은 마른세수를 했다.

"손절 잘했다고 생각했는데 그게 아니었군. 무슨 수를 써서든 마구니로 끌어들였든지, 미리 죽여놨어야 됐어. …아니, 이렇게 빨리 크는 게 말이 되나? 그 전에 마구니만 소멸시킨다는 게… 말이 안 되지."

"안 되죠."

"큰일 났군."

"큰일 났습니다, 분신님."

12,257번째 분신은 긴 한숨을 내쉬었다.

"책임져야겠다. 비상 걸어."

"알겠습니다, 분신님."

"이럴 때만이라도 마라라고 불러주면 안 되냐?"

마구니 두령으로부터 대답은 돌아오지 않았다.

＊　　　　＊　　　　＊

　사실 짚이는 점이 없지는 않았다. 브뤼스만을 착취하는 과
정에서 꽤나 뜬금없는 요소가 잡혔기 때문이다. 그 뜬금없는
요소란 바로 놈의 인벤토리에서 나왔다.

[마구니 티켓]

　마구니 종족 티켓이 대량으로 발견된 게 바로 그거였다.
　"이놈 이거, [마구니 티켓]을 왜 이렇게 많이 갖고 있어?"
　처음엔 브뤼스만이 마구니를 많이 처치해서 그런가 보다,
했다. 그런데 다시금 되새겨 보니, [착취의 권능]과 [티켓 발행
인] 조합으로 브뤼스만의 모든 것을 빼내고 있을 때 이런 걸
착취해 온 기억이 났다.

[마라 파피야스의 3,752번째 분신]

　이건 칭호 티켓이다. [인류연맹의 국가영웅] 같은 칭호. 딱히
뭔가 특별한 효과는 없지만 상태창을 장식할 수 있다. 아니,
인류연맹에 가면 이 타이틀로 할인도 받고 서비스도 받고 다
받을 수 있지만 전투력적인 측면에서 이야기하자면 역시 장식

이지.

아무튼 이걸 뜯어올 때는 별 생각 없이 뜯어왔는데, 지금 다시 보니 뭔가 의미심장하다.

놈이 혼절하기 직전에 내지른 대사도 신경 쓰인다. 그냥 아무 의미 없이 기분 나쁘라고 지른 대사가 아니고, 만약 그 대사에 근거란 게 있었을지도 모른다. 어쩌면 브뤼스만의 뒷배가 마구니 동맹이었다, 같은 반전이라든가.

"그랬으면 좋겠다."

나는 입맛을 다셨다.

그러고 보니 마구니들도 잡았을 때 보상이 꽤 좋았다.

놈들도 일단 '마'이긴 한지라 진리의 검이나 바즈라로 잡았을 때 신성을 쌓거나 신성 캐시백도 받을 수 있다. 더군다나 세계들이 마구니를 싫어해서, 잡아 죽이면 세계 퀘스트로 [세계의 힘 파편]도 받을 수 있다.

게다가 마구니들은 꽤나 만만하다. 내가 술 취한 채로 한 방에 한 놈씩 죽였었으니까. 물론 이건 그냥 내가 [욕망의 독]을 그런 용도로 써서 그랬던 것이었을 뿐일지도 모르고, 실제론 좀 더 강할 수도 있었다.

"그랬으면 좋겠다."

경험치 좀 많이 얻게 말이다.

쩝쩝, 하고 입맛을 다신 후에나 나는 똑같은 말을 반복했음을 깨달았다.

뭐, 지금으로선 희망 사항일 뿐이다. 확신이 있는 것도 아니고 확증이 있는 것도 아니니.

그러다 문득 나는 진리를 깨달았다.

"아니, 그냥 내가 마구니 소굴로 쳐들어가서 무찌르면 되지 않을까? 어차피 나쁜 놈들인데. 내가 왜 명분을 찾고 있지?"

생각을 심플하게 하기로 마음먹자마자, 나는 개안이라도 한 것처럼 진리에 가 닿았다.

"좋아, 다음에는 마구니들을 잡으러 가자."

정의의 주먹을 날려줄 테니 석유, 아니, 경험치를 내놔라!

"그래도 문제는 남아 있군."

마구니 소굴에 쳐들어가려면, 일단 마구니 소굴이 어딘지 알아야 한다. 그리고 마구니들의 전력에 대해서도 파악해야 한다.

나는 천지 분간 못 하고 아무한테나 다 달려드는 광전사인 건 아니다. 내 분노 조절 능력은 정상이다. 나보다 센 놈한텐 조절 잘한다.

그러니 마구니들이 너무 지나치게 강하다면 방법을 바꿔야 한다.

뭐, 정면 돌파를 할 건지 돌려 깎기를 할 건지 차이겠지만. 그리고 나는 정면 돌파를 선호한다. 그러려면 일단 내가 강해야 한다.

"그럼 이번에 벌어먹은 것들을 정리하면서 전력을 끌어올려 볼까?"

인벤토리를 가득 채운 쿠폰들을 생각하니 입가에 웃음이 절로 감돌았다. 더군다나 나는 이 쿠폰들을 그냥 마구잡이로 쓰지 않을 것이다. 한 단계 더 가공을 거칠 생각이다.

기대가 크다.

*　　　　　*　　　　　*

쿠폰에다 할 가공이란 건 심플했다. 나는 마치 땅에 씨앗을 뿌리듯 쿠폰들을 파묻었다. 그리고 적당한 때가 되면 그것들을 수확할 것이다. [수확의 신] 스킬로 말이다.

[수확의 신]
　-등급: 신화(Myth)
　-숙련도: S랭크
　-효과: 뿌린 대로 거둔다는 말이 있지만, 이 신은 자신이 뿌리지 않은 것도 거둔다.

이 스킬로 아이템을 '파종'했다가 [수확]하면 접두사에 [축복받은이 붙으면서 아이템이 강화된다. 쿠폰을 '파종'해 보는 건 이번이 처음이지만, 부디 좋은 결과가 나왔으면 좋겠다.

안 되더라도 뭐, 쿠폰에 흙 묻었다고 못 쓰게 되는 건 아닐 테니까. 밑져야 본전이다. 그래도 만약을 위해 종류마다 하나씩만 파묻긴 했지만 말이다.

파묻은 쿠폰들이 익는 동안, 나는 정보수집이라도 하기로 했다.

그래서 지금 당장 할 수 있는 가장 간편한 정보수집 수단인 크리스티나를 불렀다.

—마구니 동맹의 위치가 정확히 어딘지는 알려져 있지 않아요. 어쩌면 마구니들은 본거지란 걸 안 갖고 있을지도 모른다는 의견이 제기되기도 할 정도니까요.

"그래? 그건 좀 아쉬운데……."

만약 놈들이 세계 전역에 퍼져 산다면 일이 굉장히 귀찮아진다. 몰이사냥을 못 하잖아. 광렙에는 몰이사냥인데.

—원래가 다른 종족들을 유혹한 다음 정신에 기생해서 사는 기생충 같은 족속들이잖아요. 그러니 본거지를 두지 않고 다른 사회에 기생해서 살 수도 있죠.

"그런 말을 들으니 또 그럴듯하네?"

—제가 하는 말이 아니라 저도 논문에서 인용해서 드리는 말씀이에요.

논문이라고 하니 갑자기 설득력이 확 다가온다. 난 논문 같은 거 써본 적 없으니까!

―물론 이것도 가설이지만요.

그리고 가설이라는 부언에서 설득력이 확 떨어지네.

와하하!

"알았어."

―그런데 마구니 본거지는 왜요?

"아."

마구니 본거지에 쳐들어가서 개네들 잡고 레벨 업 하려고.

이렇게 말하면 폼이 좀 안 나는군. 무슨 악당 같잖아.

"세계평화를 위해?"

그래, 이거다.

―왜 의문문이에요?

아차.

"아, 맞다. 나 만마전 소멸시켰어."

―정말이요!?

말을 돌리기 위해 꺼낸 이야기였는데, 크리스티나의 반응이 상상 이상으로 격렬했다.

―후, 후오오오오……!

그래서 전투 로그를 보여줬더니 이전에 보여준 적 없는 기묘한 반응을 보였다.

―국가 영웅님! 저 바로 가봐야겠어요!! 이 놀라운 전과를 지금 당장 보고해야!

"알았어, 다녀와."

사실 인류연맹을 상대로 뜯어낼 수 있는 보상은 교단의 것에 비해 그리 큰 기대를 할 수는 없는 규모이리라. 그래도 보상은 보상이다. 죽어도 먹고 죽으리라.

크리스티나를 보내고 [레벨 업 마스터]를 인벤토리에 던져 넣었다.

"이 정도면 익었겠지?"

나는 파묻었던 쿠폰을 [수확]했다.

[축복받은 레벨 업 쿠폰]

―설명: 사용하면 레벨 업을 한다. 1차 직업의 경우 5레벨, 2차 직업의 경우 2레벨, 3차 직업의 경우 1레벨 상승한다. 히든 2차 전직 직업까지 사용할 수 있다.

"오!"

제대로 [축복받은] 접두어가 붙으면서 뭔가 상향이 됐다. 뭔가 설명이 더 길어졌으니 말이다. 더 자세히 보니……. 히든 2차 전직?

이거다.

"원래는 3차 전직까지밖에 사용하지 못했었는데!"

레벨 업 쿠폰의 사용처가 늘었다!

*   *   *

히든 2차 전직이면 세계혁명가도 포함된다.

나도 이제 다시 [레벨 업 쿠폰]의 혜택을 받을 수 있다!

"좋아, 당장 써볼까?"

물론 쿠폰을 사용하기 전에 다시 [레벨 업 마스터]를 꺼내 주리 리를 불러 다시 세계혁명가로 전직해 두는 것도 잊지 않았다.

"…큰일 날 뻔했네."

안도의 한숨을 내쉬며 가슴을 쓸어내린 나는 희희낙락하며 드디어 쿠폰을 사용해 보았다.

사용 결과!

나는 레벨 업을 하지 못했다.

"어, 뭐야? 내 레벨 업 어디 갔어?"

당황해서 상태창을 열고 자세히 보니, 경험치 바가 10% 정도 채워진 게 변화의 전부였다.

"아니, 씁. 0.1레벨?"

기가 차서 혀를 차고 말았다. 세상 쉽지 않구나. 어쩐지 지력을 적게 소모한다 했다.

하긴 3차 전직 직업도 1레벨씩밖에 못 올려주는 [레벨 업 티켓]이다. 히든 2차 전직 직업 레벨이 한 장당 하나씩 뿅뿅 올랐으면 그것도 그것대로 이상하긴 했겠지.

그래도 기대가 너무 컸다 보니 기분이 쪼그라드는 것도 어쩔 수 없는 일이다.

"하아……."

저절로 긴 한숨이 새어 나왔다. 기대대로 됐으면 오늘 세계 혁명가를 50렙 찍고 히든 3차로 넘어갈 생각이었는데 말이다. 뭐, 히든 3차 전직이 있는지 없는지도 모르지만. 마음만은 그랬다는 소리다.

"아니, 사실 이대로도 세계혁명가 50렙 찍는 건 가능하지."

나는 인벤토리를 열고 들여다보았다. 아직도 [레벨 업 티켓]이 372장이나 남아 있었다. 보기만 해도 배가 부르다. 금방 기분이 다시 좋아졌다.

"거참, 브뤼스만 녀석. 많이도 갖고 있었구나."

이것들 전부를 브뤼스만의 인벤토리에서 꺼내온 건 아니었다. 일부는 브뤼스만에게 [티켓 발행인]을 써서 놈의 레벨을 하나하나 수작업으로 깎아낸 결과물이기도 했다.

비록 [수확의 신]으로 축복하는 공정을 거치진 않았지만 전부 축복하는 것에 그리 오랜 시간이 걸릴 것 같지는 않았다.

"그래, 그렇지. 쓸 수 있게 된 것만 해도 어디야."

[레벨 업 쿠폰]이라는 이름을 달고 0.1레벨밖에 안 올려주는 게 조금 아니꼽긴 하지만, 원래대로면 2차 히든은 고사하고 1차 히든 전직 직업에조차 사용할 수 없었던 [레벨 업 쿠폰]이다. 사용처가 늘어난 것만으로도 효과가 상향됐다고 봐야지.

그러고 보니 기존의 [레벨 업 쿠폰]은 현재 레벨이 몇이든 상관없이 정해진 레벨을 바로 올려주는 효과를 갖고 있었다. 그렇다면 2차 히든 전직에 [축복받은 레벨 업 쿠폰]을 사용할 경우에는 경험치 바를 딱 10%씩 채워주는 거려나?

그랬으면 좋겠다. 그렇다면 이 쿠폰으로 지금보다도 훨씬 더 막대한 경험치를 요구할 50레벨 구간을 더 편하게 올릴 수 있을 테니까.

이 가설을 증명하기 위해서는 어쨌든 레벨을 더 올릴 필요가 있었다. 다음 레벨에 써서 10% 미만이 오르면 일정 경험치를 주는 형식일 거고, 마찬가지로 10%라면 내 가설이 참으로 증명될 것이다.

물론 300장 넘게 수량이 있으니 이걸 다 쓰면 50레벨 다는 것에는 문제가 없을 터였다. 10% 가설이 참으로 증명된다는 조건이 붙긴 하지만, 어느 수준에 이르러 갑자기 채워주는 경험치량이 반으로 깎인다거나 하지만 않으면 충분할 것 같긴 했다.

그렇다면 굳이 아끼고 있지 않아도 된다. 어차피 히든 2차까지만 쓸 수 있는 쿠폰이니 여기서 다 찢어버리는 것도 방법이긴 했다. 당연하게도 그 전에 다 축복 공정을 거쳐야겠지만 말이다.

그런데 또 혹시 모르잖는가? 아껴놓으면 어디다 쓸 데가 생길지. 어쩌다 여기서 더 강화할 방법이 생겨서 히든 3차 전직에도 쓸 수 있게 될지 누가 알겠는가?

그러니 가능하다면 한 장이라도 아껴놓고 싶은 게 솔직한 마음이었다.

그래, 뭐. 자린고비 맞다. 그래도 아낄 수 있는 건 아끼는 게 좋잖아?

"문제는 어떻게 여기서 레벨을 더 올리느냐인데."

실험을 하려면 레벨을 더 올려야 했다. 그런데 [레벨 업 쿠폰]으로 레벨을 올리기는 싫다. 만마전이 블루 마블이라는 새로운 세계가 되면서, 잡아서 경험치를 얻을 악마들도 사라져 버렸다. 여기서 사냥으로 빠른 레벨 업을 하길 기대하긴 어렵단 소리다.

"아, 그렇지."

다행히 내겐 악마나 마구니 외에도 경험치를 올릴 수단이 있긴 있었다.

[미식의 대식가]

―등급: 고유(Unique)

―숙련도: S랭크

―설명: 맛있는 걸 많이 먹으면 크게 성장한다.

내 제2의 고유 특성. 이제까지도 많이 활약해 준 내 특성이 다시 한번 활약해 줄 때가 되었다. 이날, 이때를 위해 나는 굶주림을 참아왔다. 그리고 오늘이야말로 바로 봉인이 풀릴 그 날이었다!

*　　　　*　　　　*

브뤼스만과 관계된 일을 나 혼자서 처리한 데는 이유가 있었다.

브뤼스만이 비록 흑막으로 숨어 있던 존재였다고는 하나, 놈은 명실상부한 구체제의 상징 중 하나였다. 더군다나 놈의 존재를 알고 있는 청마인도 생각보다 있었다.

악마 황제 알렉산드로스를 죽이고 완전한 혁명을 이룬 후, 내게 항복하고 혁명을 받아들인 악마 대왕들이 거기 속했다.

그런 이들이 브뤼스만의 부활을 보면 어떤 반응을 보일까?

구 악마 대왕들에게 걸려 있던 [지배의 권능]은 내게 풀어버린지라 적어도 날 배신하진 않겠지만, 오히려 브뤼스만의 생존에 격노해 놈을 죽이려 들 수도 있었다.

안 될 말이다. 브뤼스만으로부터 얻을 수 있는 모든 부산물은 내 소유다. 경험치 1이라도 넘겨주고 싶지 않았다.

비토리야나도 브뤼스만을 죽이고 싶어 했고, 사실 루시피엘라도 어느 정도 살의를 품고 있었다. 브뤼스만의 시체를 바라보던 시선만 봐도 알 수 있었다.

물론 이 둘은 내 말을 듣겠지만, 다른 구 대왕들도 내 명령에야 따르겠지만.

그렇다고 굳이 변수를 늘릴 이유가 없었다.

그래서 나 혼자 이 모든 일을 처리하게 됐다.

결과적으론 잘한 일이 됐다. 나 혼자 잘 털어먹었으니 말이다.

브뤼스만의 인벤토리도 싹 털고 착취의 권능으로 특성까지 빼먹은 후 놈의 이름을 제외한 모든 것들을 쿠폰으로 만들어 냈으니 배가 부르다. 교단에 넘겨 현상금까지 먹고 후일 놈을 처형해 카르마도 주워 먹을 생각이니 아직도 먹을 디저트가 남은 셈이다.

하지만 이렇게 불린 배는 어디까지나 마음의 배일 뿐이다.

내 위장은 텅 비어 있었다. 이유는 당연히 혀의 역치를 극

한까지 떨어뜨려 미식으로 얻을 경험치를 극대화하기 위함이었다. 이렇다 보니 밥 먹을 생각만 해도 배가 꼬르륵 울고 입에서 침이 나오는 것도 어쩔 수 없다고 봐야 했다.

요리를 할 필요는 없었다. 이미 요리를 해 인벤토리에 넣어둔 상태였으니까.

요리를 하는 과정에서 요리의 냄새를 미리 맡고 간을 맞추기 위해 약간씩이라도 맛을 보느라 정작 요리를 앞에 두고 식욕이 아주 조금이라도 떨어지는 걸 막기 위한 방편이었다.

그러니 이제부터 할 일이라곤 내 앞에 요리를 내려놓아 [오병이어]를 발동시키는 것만이 남아 있었다.

왜 [오병이어]를 발동시켜야 하냐고? 밥을 혼자 먹을 게 아니기 때문이지.

"와아아아아아!!"

"창천의 주인! 청마인의 주인! 블루 마블의 주인!!"

"이진혁! 이진혁! 이진혁! 이진혁!!"

내 이름을 연호하는 사람들! 물론 며칠 전까지 악마였던 이들이지만, 어쨌든 내게 신앙을 공급해 주는 중요한 고객들이다.

그들, 청마인들이 구름 떼처럼 단상 아래에 모여 있었다.

단상이라곤 해도 세계 스킬을 사용해 지면을 일정한 높이로 융기시킨 것에 불과하지만, 소재가 바위인지라 꽤 그럴듯했다.

"선배."

"로드."

"서방님."

"이진혁 님."

안젤라, 키르드, 비토리야나, 루시피에나. 내 일행들이 나를 맞이했다. 이들은 가장 앞자리를 차지하고 있었다.

개국공신이니 당연한 조치다. 개국이 아니라 개계라 해야 되려나? 그거야 뭐 어쨌든, 청마인들도 이들의 자리를 부러워 할지언정 달리 불만을 품은 것처럼은 보이지 않았다.

자, 그럼 더 미룰 필요가 없겠지. 나는 바로 인벤토리에서 요리를 꺼내 내 앞에 놓았다.

오늘의 메뉴에서 에피타이저는 바로 짜장면이었다. 애피타이저로 기름진 짜장면은 별로 안 좋을 것 같지만, 내 혀의 역치를 천천히 끌어올리기 위해서라는 지극히 이기적인 이유로 선정된 메뉴다. …안 좋은 건 맞다. 아무튼 선정된 이유가 이유다 보니 당연히 인류연맹 상점표다.

[오병이어]

내 스킬이 자동적으로 발현되어, 이 자리에 모인 모든 이들의 앞에 짜장면 한 그릇이 놓였다.

"다들 마음껏 맛보라!"

상점표긴 해도 생색은 내야지. 내가 그렇게 외치자, 청마인들이 화답해 우렁차게 외쳤다.

"와아아아아아아!!"

얼마나 많은 사람들이 모였고, 또 능력치 평균치가 좀 높아야지. 우레와 같은 소리가 평원을 뒤흔들 듯했다.

그리고 청마인들이 짜장면을 먹기 시작했다. 처음에는 젓가락질에 좀 난항을 겪는 듯했으나, 높은 솜씨 능력치 덕인지 곧 적응해 제대로 먹기 시작했다.

넓은 평원이 조용해졌다. 면 흡입하는 소리만 들리던 것도 잠시.

"맛있… 맛있어!"

누군가가 내지른 탄성이 신호가 되기라도 한 듯, 일시에 청마인들의 입이 트였다.

"이것이 요리!"

"이것이 먹는 즐거움!"

"감사합니다!"

"감사합니다, 창천의 주인이시여!"

감격의 탄성이 이어졌다. 후, 겨우 상점표 짜장면으로 이러다니. 안 되겠군.

나도 과거에 눈물 젖은 짜장면을 먹은 기억이 있긴 하지만, 나는 그 기억을 애써 외면하며 바로 다음 요리를 인벤토리에서 꺼내 들었다.

다음 요리는 바로 시뻘건 한국식 짬뽕이었다. 특제 짬뽕으로 내가 직접 만든 요리다. 굉장히 맵다. 한국식으로 말이다.

이 청마인들, 그 파란 피부를 빨갛게 만들어주지!

"다들 마음껏 맛보라!"

"와아아아아아아아!!"

광란의 식사가 이어졌다.

＊　　　　＊　　　　＊

결과.

짬뽕을 먹은 청마인들은 빨갛게 변하지 않았다.

그냥 보랏빛이 됐을 뿐이다.

"난 왜 이리도 어리석은지!"

파랑에 빨강을 더하면 보라. 초등학생 때 배우지 않았는가. 나는 스스로의 어리석음에 통탄하며 다음 요리를 꺼냈다.

이어서 탕수육, 깐풍기, 음료로 사이다, 디저트로 강정을 내서 일단 첫 식사를 마쳤다.

사이다는 물론 달콤하고 투명하고 탄산이 든 한국식 사이다로, 사과로 만든 음료가 아니다. 내가 만들었다. 인류연맹에선 사과로 만든 사이다를 팔았기 때문이다. 그게 사이다라니, 아무리 세계적인 기준으론 그게 사이다라지만 난 인정 못 해!

아무튼 탕수육과 깐풍기, 강정도 내가 만든 거고 모두 1성 요리였다. 여기서부터 천천히 끌어올려 갈 생각이다.

내 입장에서 보자면 일부러 실패작을 내놓은 것 같아 미안했지만, 청마인들은 생전 처음으로 맛보는 만찬에 매우 들떠 있었다.

첫술에 배부르랴, 라는 말이 있다. 그 말이 딱 그랬다. 당연히 고작 1성 요리 먹고 레벨 업을 하는 건 무리가 있었다. 뭐, 청마인들은 배부른 것 같았지만 말이다.

굳이 1성을 먼저 꺼내놓은 것도 경험치의 효율적인 흡수를 위해서였으니까. 다음 끼니는 2성, 그다음은 더 맛있는 게 될 거다. 따라서 청마인들도 앞으로 점점 더 맛있는 걸 먹게 될 테고 말이다.

하지만 그 전에 해야 할 일이 있었다.

"이제 배 꺼뜨려야지."

적절한 공복은 가장 좋은 조미료니까.

"아."

배를 꺼뜨리는 도중에 미리 해둬야 할 일이 생각났다.

＊　　　＊　　　＊

나는 청마인 지도자들을 불러 모았다. 원래 악마 왕, 혹은 악마 대왕이었던 이들은 그대로 각 청마인 무리의 지도자가 되어 있었고, 그들 사이에선 이미 위계질서가 잡혀 있었다.

"이제는 청마인들도 생명체니 음식을 먹고 마셔야 생존할 수 있겠지?"

청마인들은 악마 베이스 종족이다 보니 기본적으로 워낙 강건 능력치가 높아 몇 주 정도는 안 먹고도 버틸 수 있겠지만, 그 뒤로는 분명 먹을 게 필요해질 거다.

아무리 내 의도와는 상반되게 생명체가 되어버렸다지만, 그렇다고 청마인들을 그냥 굶어 죽으라고 아무 조치 없이 두고 갈 수는 없었다.

다 죽어버렸다간 신앙 생산량이 팍 깎여 버릴 테니까.

아무튼 그래서 나는 원래 악마 대왕이었던 청마인 지도자들에게 기본적인 농법을 가르치고 인류연맹에서 산 각종 씨앗을 전했다.

"힘써 일하라. 땅을 갈고, 씨를 뿌리고, 물을 주어라. 그리하면 너희에게 땅의 소산이 베풀어지리라."

기본이 악마 출신이라 나태가 몸에 밴 놈들인데 과연 농사일을 잘할 수 있을까 싶었지만, 나는 청마인들의 광신적 신앙을 지나치게 얕보고 있었다.

"말씀에 따르겠습니다, 창천의 주인이시여."

"한시도 쉬지 않고 계속해서 일하겠나이다."

그냥 내버려 뒀다간 전원 과로사할 기세였다!

"아니, 몸 관리는 해야지. 쉬어야 할 땐 쉬라고."

나도 당황한 나머지 평대해 버렸다.

그렇다고 그냥 쉬어야 할 땐 쉬라고만 하면 평생 쉴 수도 있는 게 인간이다. 이들은 청마인이지만, 어쨌든 인류니까. 그 래서 나는 다시 고쳐 말했다.

"아침 해가 떠오르기 전에 일어나 이슬에 젖은 땅을 일구 고, 해가 완전히 중천에 떠오르면 약간의 음식과 함께 잠깐 몸을 쉬어라. 해가 기울기 시작하면 다시 일하고, 해가 지면 집에 돌아가 쉬도록 하라."

여기까지 말하고 잠깐 생각했다가, 나는 이렇게 더했다.

"봄이 오면 씨를 뿌리고, 가을이 오면 뿌린 것을 거두라. 그 렇게 거둔 소산을 모아 겨울을 버티고, 봄이 오면 다시 씨를 뿌려라."

식물이 자라지도 않는 겨울에도 나와서 농사지으라고 하 면… 이들은 할 것 같았다. 그래서 계절에 대한 이야기를 해 봐야겠다는 생각이 들었다.

"그리하면 너희 종족은 번성하리라."

청마인들은 그들의 문자로 내 말을 열심히 기록했다.

기특하다, 기특해.

하지만 동시에 소름이 좀 돋기도 한다. 내가 한마디 잘못하면 이들이 내 말 따르다 다 죽어버릴 수도 있다는 생각이 들어서였다.

더욱이 광신이 보통 그러하듯, 이들도 언젠가 변질되어 버릴 수도 있으리라.

"서로를 아끼라. 잘못된 것이 있으면 고치고 그를 반성하라. 더 이상 선과 정의, 질서는 너희의 적이 아니리니. 배려와 존중을 몸에 새기라."

이러면 적어도 마녀사냥을 하진 않겠지. 나는 잘 안 돌아가는 머리를 굴려가며 지구의 종교들이 남긴 경전들의 경구를 떠올렸다. 따르는 사람들이 잘못해서 그렇지, 경전들은 대체로 맞는 말을 했을 테니 그걸 응용해서 말해주면 될 것 같았다.

그렇게 적당히 이야기를 했더니, 청마인들은 문득 몸을 일으켜 잘 닦은 석판 하나를 내오더니 내가 말한 바를 하나하나 돌에 새기기 시작했다. 그러곤 가장 지위 높은 자가 내게 몸을 엎드려 절하곤 이렇게 말했다.

"창천의 주인이시여, 그 모든 말씀 돌에 새긴 듯 잊지 아니하겠나이다."

우와, 부담돼.

＊　　　＊　　　＊

블루 마블에 오래 머무를 생각은 없었다.

애초에 내가 청마인 지도자들에게 가르침, 이렇게 표현하긴 좀 계면쩍긴 하지만 어쨌든 가르침을 전수한 이유도 떠나기 전에 최소한도의 케어를 해주기 위함이었다.

청마인들을 돌보고 번성시키는 것도 나름 재미는 있겠지만, 그보다 나는 나대로 레벨 업을 하고 싶었다. 그러기 위해선 마구니 소굴에 대한 정보가 필요한데, 블루 마블에서 그 정보를 구할 수 있으리란 생각은 들지 않았다.

그럼에도 불구하고 나는 블루 마블에 한 달 정도 머물렀다. 청마인들의 사회가 어느 정도 안정적으로 돌아가는 걸 확인한 후에나 안심하고 떠날 수 있을 것 같았기 때문이었다.

"후, 내가 이렇게 책임감이 있는 인간인 줄은 몰랐는데."

말은 그렇게 했지만 당연하게도 한 달 동안 청마인들에게만 내 시간을 쏟은 건 아니다.

그동안 나는 블루 마블이 주는 세계 퀘스트를 깨주고, 그럼으로써 블루 마블의 세계 레벨을 올려주었다.

그렇다. 나는 내 구세주 레벨이 아닌 블루 마블의 세계 레벨을 파밍했다. 그럴 법도 한 게, 블루 마블에서 내 구세주 레벨은 이미 만렙이었다.

한계돌파가 있긴 하지만, 11레벨까지 올리려면 블루 마블에 자리 깔고 앉아서 100년쯤은 퀘스트에만 투신해야 될 거다. 그럴 생각은 없었다.

그렇다고 블루 마블 좋은 일만 한 건 아니어서, 세계 레벨을 올려주고 나니 [세계의 힘 파편]으로 구매할 수 있는 월드 스킬이 많아지고 다양해졌다. 뭐, WIN—WIN이라고 못 할 정도는 아니다. 누가 더 이득을 봤냐면 블루 마블이 더 이득을 보긴 했을 테지만.

나는 세계 탭에 구매 가능한 세계 정상급 스킬이 나오자마자 전부 사들였다. 어차피 [세계의 힘 파편]은 900개 넘게 인벤토리에 들어 있었고, 퀘스트로도 파편을 벌어들이긴 했으니까.

[공중 원소 포집]
─등급: 세계 정상(World Top)
─숙련도: 연습 랭크
─효과: 공중의 원소를 포집할 수 있다.

[원소 분리 및 환원]

－등급: 세계 정상(World Top)

　－숙련도: 연습 랭크

　－효과: 화합물을 원소로 분리 및 환원할 수 있다.

[원소 압축]

　－등급: 세계 정상(World Top)

　－숙련도: 연습 랭크

　－효과: 원소를 압축할 수 있다.

　이렇게 세 개를 샀다. 보다시피 다 원소 관련 스킬이라, 다 사자마자 당연하다는 듯이 스킬 융합이 가능하다는 시스템 메시지가 떴다.

　괜찮은 제안이었지만 연습 랭크 스킬 세 개를 융합해 봤자 연습 랭크 스킬이 생길 뿐이다. 더욱이 등급이 오르고 월드 스킬도 아니게 될 테니 랭크 올리는 데 드는 스킬 포인트도 불어날 테고.

　스킬 포인트는 중요한 자원이다. 아무리 [레벨 업 쿠폰]을 여러 장 손에 넣어 상대적으로 벌기 쉬워졌다지만, 이제까지 스킬 포인트 벌자고 갈아버린 스킬들만 생각해도 쉬이 소모하기 힘들다.

　특히 [기습하는 또 하나의 나] 만들 때 엄청나게 갈아버렸었지. 그 초월 권능 스킬 덕에 브뤼스만을 상대할 때 목숨을 건진 걸 생각하면 아까워하는 것도 도리는 아니지만, 그렇다고 아까운 게 안 아까워지지는 않는다.

차라리 그냥 월드 스킬인 채로 두면 스킬 포인트 대신 [세계의 힘 파편]을 소모해 랭크를 올릴 수 있을 테니 더 효율적이다. [세계의 힘 파편]은 많으니까.

괜찮은 S랭크 스킬을 섞어주면 좋을 테지만, 내 S랭크 스킬 중에 원소를 다루는 스킬이 없다.

그래서 융합은 뒤로 미루기로 했다.

"음? 아니, 잠깐."

[이진혁]이 넓게 보면 원소를 다루는 스킬 아닌가? 하지만 시스템은 그렇게 생각하지 않는지 스킬 창에 세 스킬을 나란히 나열해도 합성 관련 메시지가 뜨지 않았다.

"…너무 억지였나."

아니, 잘 고민해 보면 뭔가 방법이 생길지도 모른다. 그래서 나는 며칠 정도 끙끙대며 고민했지만 답이 없다는 결론에 도달했다.

[이진혁]과 세 원소 관련 스킬을 묶어주는 다른 스킬이 생기면 또 모르겠지만, 적어도 지금 내 수중엔 그런 스킬이 없고 딱히 구할 곳도 없었다.

"일단 그냥 두자."

나는 나중을 기약하며 세 원소 스킬을 남겨두기로 했다.

＊　　　　＊　　　　＊

기껏 세계 퀘스트를 열심히 뛰었는데 마무리가 마무린지라 좀 짜게 식긴 했지만, 다행히 내가 요 한 달간 한 건 세계 퀘스트 수행만이 아니었다.

세계 퀘스트를 하기 위해선 일단 돌아다닐 필요가 있었기 때문에, 나는 그간 다른 보조 직업을 택해 노가다를 뛰며 레벨을 올렸다. 히든 2차 전직을 달성하면서 보조 직업 슬롯이 하나 늘어나기도 했겠다, 겸사겸사 선택한 보조 직업이 바로 광부였다.

블루 마블이 새로운 세계라 그런지, 아니면 만마절 시절에는 악마들이 광부 일엔 관심이 없어서 그냥 방치되었던 건지는 잘 모르겠지만 이곳에는 노천 광산이 아주 많았다. 그냥 많은 게 아니라, 금광석이 산을 온통 뒤덮고 있는 것도 봤다.

"이얏호!"

신나서 곡괭이 들고 다 캐내 버린 거야 굳이 말할 필요가 있을까?

블루 마블에는 금, 은, 구리, 주석, 철 등등 다른 세계에서도 보이는 금속들도 많았지만, 그것뿐만이 아니었다. 다른 데서는 볼 수 없는 광물도 있었다.

그게 바로 이 푸른빛을 띠며 반짝이는 원석이었다.

내가 이 원석을 캐내자, 시스템은 새로운 광물을 발견했다며 광부 수련치를 아주 많이 주면서 이름을 지으라고 했다. 나는 이 새로운 광물의 이름을 창천금이라고 지었다. 블루 마블의 금이라는 뜻이다. 내가 생각해도 단순한 네이밍 센스다.

시스템 상에 그 이름이 등록되는 걸 보면서 이상한 희열 같은 게 느껴졌던 건 왜일까?

창천금에는 특이한 성질이 있는데, 제련하고 나면 반투명한 푸른빛을 띠고 온도를 식히면 하늘로 천천히 떠오르기 시작한다는 것이 그것이었다. 왜 이런 현상이 일어나는지는 모르지만, 이걸 어디다 써야 하는지는 금방 알 수 있다.

이 금속을 다른 금속에 섞어 넣으면 무게가 가벼워진다. 경량화가 되는 것이다.

내가 지금 당장 이 금속을 활용할 곳은 없지만, 교단이나 인류연맹에 넘기면 알아서 용도를 찾아내겠지. 수요가 생기기만 하면 다른 세계엔 없는 금속이니만큼 독점이 가능하다. 비싸게 팔아치울 수 있다는 소리다.

그런 의미에서 나는 제련해 낸 창천금을 일단 인벤토리에 쟁여두고 두 세력에 연구용으로 약간씩만 창천금을 넘겼다. 어디서 구했는지는 당연히 비밀로 했다.

미래가 기대된다.

*　　　　　*　　　　　*

블루 마블이라는 세계는 정말 광부 레벨 올리기에 딱 좋은 환경이었다. 이렇다 보니 광부 레벨이 아주 그냥 쭉쭉 올랐다. 딱 한 달 만에 40레벨을 찍어버리고 직업 통합 스킬인 [채광의 달인] 스킬을 얻고 나니 이것도 레벨 업이라고 기분이 좋긴 하더라.

그렇게 신나게 광부 레벨 업, 줄여서 광렙을 한 후에 보니 솔직히 조금 뜨끔했다. 땅을 파헤친 것도 파헤친 거지만, 내가 인벤토리에 회수한 광석만 해도 산 두어 개쯤은 됐기 때문이다.

한 행성의 자원을 나 혼자 다 캐버리면 남아 있는 청마인들이 뭐라 생각할지 두려웠다. 물론 지금은 저들도 광신적이라다 내게 바치려 들겠지만 그래도 사람이 염치가 있어야지. 돈보단 신앙이 더 비싸다. 혹시 모를 신앙의 저해 요소를 미연에 방지하는 것도 전략이다.

그래서 나는 광부 40레벨을 딱 찍고 난 후에 그 광석들을 다시 있던 자리에 되돌려 두었다.

이미 제련해 버린 창천금괴 아주 조금만 남기고 말이다.

"아니, 나도 먹고는 살아야지."

알고 있다. 욕심이다. 나는 아직 무소유에는 이르지 못했다.

대신이라고 하기엔 좀 뭐하지만, 서비스로 갈아엎었던 땅을 원래 상태로 되돌리면서 [풍요로운 대지의 힘]도 꼬박꼬박 써 줬다.

이 땅에서 농사를 지으면 작물이 아주 잘 자랄 것이다. 적어도 굶고 살지는 않겠지. 청마인들이 이거 먹고 번성해서 더 많은 신앙을 생성해 줬으면 좋겠다.

"이것도 결국 내 욕심이네……."

깨달음.

사람이 그렇게 쉽게 변하진 않는다.

Chapter 3

　그렇게 나는 한 달간 아주 영양가가 높지는 않지만 약간의 성과 정도는 거둔 상태로 블루 마블을 떠나게 되었다.

　"창천의 주인이시여! 떠나지 마소서!"

　"아아, 주여! 우릴 버리지 마소서! 주여!!"

　청마인들은 눈물로 날 붙잡았지만 내 마음을 되돌릴 수 없음을 알자 절망해 그 자리에 주저앉았다. 그런 모습을 보는 내 마음도 안 좋았지만 그렇다고 생각을 바꾸지는 않았다. 대신 나는 그들에게 이렇게 말해주었다.

　"내가 다시 돌아올 것이니 그때를 예비하라!"

말하고 보니 어디서 들은 것 같은 말이지만 뭐, 기분 탓이
겠지.

*   *   *

그렇게 청마인들을 뒤로하고, 나는 황금 전함에 올랐다.

"그럼 어디로 갈까요? 서방님."

비토리야나는 당연하다는 듯 기함에 올라 내 부관을 자처
했다. 2번 함은 안젤라와 키르드, 3번 함은 루시피엘라가 지휘
하도록 했다.

사실 2번 함과 3번 함은 인벤토리에 넣어두고 다 함께 기함
을 타고 가도 될 일이지만, 혹시나 브뤼스만이 어떤 함정을 깔
아놨을지 모르는 일 아닌가? 꺼진 불도 다시 보자는 차원에
서, 구 만마전의 공역을 벗어날 때까지만 이런 체제를 유지하
기로 했다.

안젤라가 조금 반발하긴 했지만 결국 키르드의 손에 끌
려 2번 함을 타러 갔다.

그래서 지금 기함에는 나와 비토리야나만이 타고 있었다.

"그랑란트로 돌아가자."

지구가 망해 버렸으니, 이제는 그랑란트야말로 내가 고향으
로 부르기에 합당한 세계다. 하지만 귀소본능 때문에 그랑란

트로 향하는 건 아니었다.

"그랑란트는 왜요?"

"술 먹으려고."

정확히는 테스카를 만나러 간다는 게 맞았다. 더 정확히는 그녀의 고유 특성인 [즐거운 회식] 효과가 목적이었다.

인류연맹으로부터 받은 5성 식재료도 꽤 쌓여서, 이걸 요리해서 먹는 김에 일행들의 레벨 한계도 뚫어줄 생각이었다. 그러려면 내 특성 [한계돌파]를 공유해 줘야 됐다.

덤으로 나도 잔여 미배분 능력치를 매력과 위엄에 배분해 뷰티 포인트를 정산받으려면 받아서 비토리야나의 특성을 공유받을 필요가 있었다.

…나로서는 후자 쪽에 좀 무게가 실리는 건 어쩔 수 없었다.

뭐, 단순히 케이와 테스카를 보러 간다는 의도도 아예 없는 건 아니다. …그렇다고 해두자.

"아하."

내 심플한 대답을 비토리야나도 바로 알아들었다. 길게 말할 필요가 없는 건 좋군. 좋은데…….

"아, 그러고 보니. 비토리야나."

난 뒤늦게 생각난 게 있어서 비토리야나를 불렀다.

"네, 서방님!"

비토리야나가 참 샤방샤방하니 반짝거리며 내 부름에 대답했다. 미안하지만 그것도 오늘까지, 바로 지금 이 순간까지일 걸 생각하니 시원섭섭하다.

아니, 시원하다!

"먹어랏, [신산귀모]!"

나는 비토리야나에게 내 필살기를 뿅 하고 쐈다.

"꺄흐악! 서, 서방님!? 어째서!"

비토리야나는 완전히 무방비한 상태로 내 스킬을 맞고 어째선지 좀 황홀해 보이는 시선으로 날 바라보았다. 아니, 여기선 의문의 시선을 던지는 게 맞지 않냐? 그러나 나는 굳이 태클을 걸지 않았다. 비토리야나가 저런 시선으로 날 보는 건 오늘이 마지막일 테니까!

"아니, 이제 내가 널 상대로 벌벌 떨 필요가 없어진 거 같아서."

세계혁명가 20레벨을 찍고 [세계를 혁명하는 힘]을 손에 넣어 혁명력을 제대로 다룰 줄 알게 되면서, 나는 아무리 상대가 악마 황제를 집어삼킨 비토리야나라 하더라도 더 이상 두려워할 필요가 없게 되었다.

그러므로 손절, 아니, 익절하겠다!

나는 [신산귀모]의 효과로 비토리야나에게 걸려 있던 [유혹의 권능], 그리고 [기아스]를 풀어버렸다. 그러니 이제 더 이상 비토리야나는 나를 스킬 효과로, 강제적으로 좋아하지 않게되었다. [기아스]까지 풀렸으므로 '나를 따르라'는 명령도 무효화되었다.

자아, 어쩔 거냐! 비토리야나!

보통 [유혹의 권능]에서 풀려난 사람들이 그러하듯 날 원망하겠지? 내게 공격을 퍼부을지도 모른다. 솔직히 말하자면 그래줬으면 좋겠다는 생각도 조금은 들었다.

"서방님, 어째서!"

그러나 그런 내 예상은 틀렸다. 비토리야나는 울먹이며 날불렀다. 그 눈동자에서 비치는 것은 나를 향한 원망도, 증오도 아니었다. 그저 안타까움이 전부였다.

어째서란 말을 해야 될 건 내 쪽이었다. 아니, 어째서? [유혹의 권능]과 [기아스]는 말하자면 저주에 가깝다. 그걸 풀어줬으니 좋아해야 하는 게 정상 아닌가? 그런데 왜 안타까워 해?

나는 약해지려는 마음을 다잡고 외쳤다.

"이유는 이미 말했잖아! 이제 내가 더 강하니 널 스킬로 억제할 필요가 없어져서 풀어줬을 뿐이다. 같은 말을 두 번 반복하게 하지 마라, 비토리야나!"

"하지만 서방님!"

"이제 네게 [유혹의 권능]의 효과는 없을 텐데? 그래도 날서방님이라 부르는 건가?"

"그야 서방님은 서방님인 걸요!"

결국 비토리야나의 눈에서 굵은 눈물방울이 떨어지기 시작했다.

"…절 처치하시려거든 처치하세요. 그걸 원하신다면 받아들이겠어요."

"응? 뭐?"

나는 귀를 의심했다. 지금 얘가 뭐라고 한 거지?

"만마전이 멸망하고 제 쓸모가 다하였으니, 이제 절 구워드시려던 게 아닌가요? 사냥이 끝난 후의 사냥개처럼!"

"너 지구 문화 진짜 좋아하는구나……."

토사구팽까지 알고 있을 줄이야.

"안 덤벼? 저항 안 해? 이제 널 제약하고 있는 스킬은 없는데?"

넌 악마잖아? 청마인이 되어버린 만마전의 현대 악마들과 달리 여전히 악마인 비토리야나일 텐데, 인류종이라면 식량으로 여기고 잡아먹으려 드는 게 당연한 악마일 텐데도.

"그런 건 불가능해요. 제가 반한 서방님인 걸요!"

비토리야나는 이렇게 말했다.

"잉? …[유혹의 권능]이 덜 풀렸나?"

나는 모양 빠지는 걸 감수하고 다시 한번 [신산귀모]를 사용했다. 역시 [유혹의 권능]은 잘 풀려 있었다. [기아스]도 그

렸고.

그런데 얘가 왜 이러지? 더군다나 내 두 번째 [신산귀모]를 피하려고 들지도 않고 순순히 맞았다. 아니, 내가 쓰는 스킬이 뭐일 줄 알고?

"그런 거 아니에요!"

비토리야나가 빼액 소리 질렀다. 무슨 소리지? 아, [유혹의 권능]이 덜 풀린 게 아니라고?

"그럼 뭔데?"

"부끄럽게 왜 자꾸 말하라 그래요? 서방님이 좋아요! 스킬 같은 거 상관없이 좋다고요!"

비토리야나의 말에 나는 눈을 희번득 뜰 수밖에 없었다.

"아니, 어째서?!"

내 의문스러운 반응에 비토리야나는 허탈한 듯 그 자리에 주저앉았다.

"여기서 어째서냐고 물으시면 안 되죠! 절 안아주셔야……!"

"아, 그렇지. 그런 분위기였구나."

나는 뒤늦게 깨달았다. 그랬다. 비토리야나는 내게 뜨거운 고백을 날린 참이었다. 그러니 나는 그에 상응하는 대답을 해야 했다. 그것이 고백받은 자가 응당 행해야 할 예의고, 의무다.

"미안. 나 너한텐 관심 없어."

나는 정식으로 그녀의 마음을 거부했다.

괜히 예의 챙긴답시고 돌려 말해봤자 상대에게 여지를 주고 미련을 주고 결국 상처만 더 후벼 파게 마련이다. 자기만 착한 사람으로 남으려는 기만일 뿐이다. 그저 스트레이트가 최고다.

…차여본 사람 입장에서 말하는 거다.

몇 백 년도 더 전의, 지구에서의 일이지만 말이다. 이제는 상대의 얼굴도, 이름도, 아무것도 기억이 안 나지만 그날의 감정만큼은 아직도 편린이나마 남아 있었다.

그래서 나는 성심성의껏 비토리야나를 찼는데, 그녀의 반응이 이상했다.

"어째서요?! 이렇게 예쁜데! 객관적으로 뷰티 포인트가 제일 높은 것도 저잖아요!"

비토리야나는 화를 내며 내게 따졌다.

응, 그렇긴 하다. 일행 중에 매력 능력치가 가장 높은 것도 비토리야나고, 따라서 뷰티 포인트도 가장 높을 수밖에 없다.

그치만 그래 봤자 악마인걸!

천사를 상대로도 그랬듯, 악마가 상대라도 똑같다. 외견이 아무리 예쁘장하고 매력 수치가 높아 봐야, 나는 조금도 마음이 동하지 않는다.

이제는 청마인이 되어 사라진 만마전의 현대 악마들과는 다르게 인류종의 유혹에 최적화된 외견과 능력을 지닌 존재인 고대 악마 비토리야나라도 마찬가지다.

어쩌면 나는 이제 인간, 그것도 지구인이 상대가 아니면 안 되는 몸이 되어버린 것일지도 모른다. 이 세상에 남은 지구인이 오직 나 하나만 남은 상태임에도 불구하고 말이다.

"여기서 어째서냐고 물으면 안 되지."

그러나 나는 굳이 진실을 밝히지 않고 비토리야나의 말을 그대로 카운터 치는 쪽을 선택했다.

"그, 그런……! 그럴 수가!!"

비토리야나는 풀썩 주저앉았다.

자, 이제 내가 찼으니 달려들라나? 난 그녀를 주시했지만 그런 기색은 보이지 않았다. 오히려 독기 서린 눈으로 날 보며 이렇게 외쳤다.

"하, 한 번 정도로 제가 포기할 거라 생각하시면 오산이에요!"

끈질기구나, 비토리야나. 나는 한숨을 내쉬었다.

"어쩔 수 없군."

내 반응에 비토리야나는 도리어 체념한 듯 이렇게 말했다.

"절 죽이시려면 죽이세요. 전 서방님의 경험치가 되어 서방님의 레벨 속에서 영원히 살아갈 거예요."

소름 돋는 이야기 좀 하지 말지.

"아냐, 됐어. 운전이나 잘해."

그러자 이번엔 비토리야나가 의외인 듯 눈을 껌벅였다.

"…절 죽이려고 하신 게 아니었어요?"

"그것도 계산은 했었지. 네가 덤볐다면 말이야."

그렇게 됐다면 역시 인연을 쌓아 봤자 악마는 악마라면서 난도질을 해야 했으리라.

"하지만 네 충성심이 진짜란 걸 확인했으니, 그럴 필요가 없어졌군."

"충성심이 아니라 사랑인데요?!"

"하지만 네 충성심이 진짜란 걸 확인했으니, 그럴 필요가 없어졌군."

나는 일부러 같은 말을 두 번 했다.

"…같은 말을 두 번 하시는 건 싫어하신다면서요?"

"내가 언제 싫다고 했어? 두 번 말하게 하지 말라고 했지."

"그게 그거……. 어휴."

비토리야나는 픽 웃었다.

"그럼 이제 조금쯤은 절 신뢰한다고 말씀해 주신 거네요? 기뻐요."

"…그런 거 아냐."

그런 거였지만, 난 부정했다.

비토리야나를 일행으로 들인 지도 시간이 오래 지났다.

이 악마 여왕을 상대로 어느 정도 정이 들고 말았음을, 이제는 부정해 봐야 자기기만밖에 되지 않는 때가 오고야 말았다. 그런 탓에 나는 이제는 슬슬 비토리야나를 [유혹의 권능]을 비롯한 스킬로 부려먹는 거에 염증이 나 있었다. 그래서 언젠가는 풀어주려고 생각하고 있었다.

물론 [지배의 권능]이든 [유혹의 권능]이든, 이런 정신조작계열 스킬은 풀려난 후의 대상이 어떤 반응을 보일지 계산이 안 된다. 그래서 어떤 불상사가 일어나더라도 대응할 수 있도록 일부러 비토리야나와 둘만 있을 수 있는 상황을 만들어야 했다.

그래서 블루 마블을 떠나는 시점에서 2번 함의 지휘는 안젤라와 키르드, 3번 함의 지휘는 루시피엘라에게 맡기고 모함의 함교에는 나와 비토리야나 둘만 있을 때 [신산귀모]를 사용해 그녀에게 걸려 있던 스킬을 풀었던 거였다.

비토리야나가 이제 날 이길 수 없음을 깨닫고 여기서 살아남기 위해 한바탕 연극을 했던 거였다면 좋겠지만, [거짓 간파의 권능]은 이미 발동해 있었고 그녀의 말이 전부 진심에서 우러난 것임을 증명해 주었다.

그러니 군이 비토리야나를 처치할 필요가 없어졌다. 스킬에서 풀려난 그녀가 날 떠나겠다면 보내줬을 테지만, 내게 붙어 있겠다니 어쩌겠는가? 그녀의 충성심을 존중해서 부려먹어야지.

"저기, 서방님. 죄송하지만 부탁이 하나 있는데요."

그렇게 혼자 조용히 생각하고 있을 때쯤, 비토리야나가 침묵을 깨고 내게 말을 걸었다. 그러나 나는 그녀가 내게 어떤 부탁을 할지 잘 알고 있었기 때문에 곧장 거절했다.

"안 들어줄 거야."

"[기아스]는 다시 걸어주시면 안 될까요?"

비토리야나는 내 거절에도 굴하지 않고 내가 예상했던 대로의 부탁을 해왔다. 그리고 이 또한 내 예상 범위 내였다. 그래서 나는 조금도 흔들리지 않은 채 다시 한번 말했다.

"안 들어줄 거야."

결말을 이야기하자면, 결국 나는 비토리야나에게 [기아스]를 다시 걸어줘야 했다.

오늘 이날의 경험을 통해 나는 비토리야나가 카자크에 버금가는 변태였다는 사실을 다시금 되새길 수 있게 되었다.

*   *   *

우주의 어느 검은 공간.

마구니 동맹의 마라 파피야스들이 모였다. 정확히는 마라

의 분신들이지만, 그들 스스로는 모두 자신이 마라 파피야스
라 여기고 있기에 차이는 없었다.

"본래 분신들끼리 모이는 건 마라 파피야스로서의 정체성이
흐트러지니 피하고 싶네만."

"그만큼 사태가 중대하니 어쩔 수 없지."

"1,000번대의 분신들이 모이는 건 오랜만이로군."

그들 모두 스스로를 마라 파피야스라 여기는 분신들이기에
자신들의 넘버링을 인지하는 것 자체를 불쾌해했으나, 말 자
체는 사실이기에 반론은 들리지 않았다.

일선에서 활약하는 분신들이 10,000번대인 걸 감안하
면 1,000번대의 분신들은 충분히 간부급이라 할 만했다.
그것도 1,000번대의 가장 앞자리, 1,000번부터 1,010번까
지의 간부회의였다.

"각자 정보는 모아왔나?"

"스스로에게… 마라 파피야스에게 물어보는 게 어떤가?"

"그렇군. 모두 마라 파피야스니, 물어볼 것도 없겠지."

"그런 식의 회화는 피하고 싶네만."

"드라이하게 가지."

누가 무슨 말을 했는지는 중요하지 않다. 이는 그저 마라
파피야스만으로 이뤄진 브레인스토밍에 가까웠다. 다른 점이
라곤 모두가 마라 파피야스라는 점 정도였다.

모두가 스스로를 마라 파피야스라 부르기에, 통성명 같은 건 없었다. 있어선 안 될 일이다. 자신의 넘버를 밝히는 것 또한 별 의미가 없기에 생략되었다.

회의는 바로 본론으로 들어갔다.

"브뤼스만 라이언폴드부터."

검은 공간에 작고 네모난 스크린이 나타났다. 그리고 그 스크린 위에 빛으로 그려진 브뤼스만 라이언폴드의 초상이 떠올랐다.

"지구인 출신의 플레이어. 더불어 명예 마라 파피야스였다. 스스로를 브뤼스만이라 칭하는 것에서도 알 수 있듯, 마라 파피야스로서의 정체성이 있는 것도 아니고 마구니가 된 것도 아닌 존재지."

"놈에게는 3천 번대의 분신 넘버링이 주어졌다."

수십만에 이르는 분신들 가운데 지구인 출신의 외부인이 3천 번대의 넘버링을 받은 건 보통 일이 아니었다.

"만 번대에 공번이 많았을 텐데? 그렇게까지 해야 했나?"

"놈의 고유 특성 탓이야."

스크린에 브뤼스만 라이언폴드의 고유 특성, [쿠폰 발행인]의 정보가 적혔다.

"마구니 종족값을 쿠폰으로 출력해 낼 수 있는 능력을 지녔더군."

"즉, 기껏 시간과 수고와 자원을 들여 마구니로 만든 대상을 다시 원래대로 되돌릴 수 있다는 의미로도 받아들이는 게 맞겠지?"

"그건… 위험하군. 차라리 제거하는 게 좋았을 텐데. 왜 제거하지 않았지?"

그 의견에 다른 상당수의 마라 파피야스의 분신들도 고개를 끄덕였지만, 스크린에 떠오른 또 다른 정보가 그들의 인식을 바꿔놓았다.

"때를 놓쳤어. 지나치게 커버렸더군. 놈의 존재를 알아챘을 때, 놈은 이미 교단의 중추를 장악한 상태였다."

"유일교단의 중추라……. 거물이었군."

유일교단은 현재 시점에서 이 우주의 대세나 다름없는 거대 세력이다. 아무리 모든 세력에 걸쳐 영향력을 발휘할 수 있는 마구니 동맹이라 하더라도 쉬이 볼 수 없는 세력이었다.

"더욱이 놈은 우리의 계획에 찬동했다."

그 발언에 모인 대부분의 분신들이 쓴웃음을 지었다.

"목숨을 가진 자가 그걸 찬동하다니, 어지간히 미친놈이었나 보군."

"괜히 3천 번대 넘버링을 넘겨준 게 아니지."

그제야 다들 납득하고 고개를 끄덕였다.

"그런데 그 브뤼스만 라이언폴드가 살해당했다고?"

"아직 살해당하지는 않았다. 상황은 그보다도 나쁘지."

"놈에게 넘겨준 마라 파피야스의 분신 칭호만 추출당했다."

아주 잠깐, 좌중이 침묵에 잠겼다.

"…위험하군."

"그래, 아주 위험해."

"처치해야……."

"하지."

모두가 마라 파피야스임에도 브레인스토밍에 의의가 있는 건, 모두가 분신으로서 다른 경험을 해왔고 다른 관점을 가지게 되었기 때문이다. 그렇기에 모든 마라 파피야스의 분신들이 의견의 일치를 보는 건 상당히 드문 일이었는데, 그 드문 일이 일어났다.

"처치해야 할 대상에 대해 알아보도록 하지."

가장 넘버링이 높은 마라 파피야스의 분신이 그렇게 말하자, 스크린에 이진혁의 얼굴이 떠올랐다. 얼굴만 떠오른 것은 아니다. 다른 분신이 스크린에 함께 떠오른 문자를 읽었다.

"이름은 이진혁."

"지구 출신이다."

"아직도 지구인 종족값을 유지하고 있군. 상당히 희귀한 사례야."

"그렇다면 전설적 고유 등급을 얻었겠군."

지구인의 멸종은 교단으로 귀의한 지구인들의 집단 종족 변경으로 인해 일어났다는 특이성 탓에 소소하게나마 이슈가 되었던 사안이고, 그래서 이 자리의 분신들 중에서도 그 에피소드를 기억하고 있는 이가 몇 명 있었다.

공식적으로 지구인은 멸종했기 때문에, 만약 살아남은 지구인이 있다면 전설적 고유 등급을 얻었으리라는 예상 또한 이 자리의 분신들만 한 것은 아니었다. 그리고 이진혁이 바로 그 지구인이었기에 그 같은 예상을 하게 된 거였다.

사실 반쯤은 농담이었으나, 아무도 웃지 않았다.

농담을 하기에 적절하지 않은 자리란 점은 그 이유의 두 번째 정도에 지나지 않는다. 고유 유일 등급 종족이라는 프리미엄 정도가 아니면 이진혁이라는 신인 플레이어가 갑자기 두각을 드러내는 것을 설명하기 어렵다는 걸 인지했을 따름이었다.

"마구니로 만들 수 있다면 좋겠는데."

"시도했어."

스크린에 마라 마피야스 분신 12,257번이 이진혁을 상대로 한 공작 시도와 그 결과가 떠올랐다. 무려 [마라 파피야스의 오금뼈]와 내구도 666짜리 [욕망의 독]이 투자된 공작 시도였으나, 이진혁은 [욕망의 독]으로부터 나온 마구니를 참살하고 그 유혹을 이겨냈다.

"실패했지."

"아쉬운 결과물이로군. 투자된 자원도 적지 않은데."

"당시로서는 옳은 판단이다. 괜찮은 손절이었지. 이렇게 될 줄 몰랐던 것만 제하면."

예언 능력이라도 보유하고 있지 않은 한, 이진혁이 [쿠폰 발행인] 특성을 손에 넣을 거라고 상상이라도 할 수 있었던 자는 여기에 없었다. 아마도 이진혁 본인조차도 이렇게 될 줄은 꿈에도 몰랐을 터였다.

"그렇다면 답은 하나뿐이다."

"처치해야겠군."

이견은 나오지 않았다.

"문제는 방법이로군."

"현재 놈의 소속은?"

"인류연맹."

스크린에 인류연맹의 데이터가 떠올랐다.

"약소하군."

이런 반응이 나오는 것도 무리는 아니었다. 인류연맹은 변경 세력이고 약소 세력인 것이 사실이니 말이다. 사실 최근엔 이진혁 보유 세력이라는 새로운 강점을 발굴해 대외적으로 어느 정도 발언권을 지니게 되었지만, 그것은 정말 최근의 일인지라 마구니들은 아직 인지하지 못했다.

"발판부터 부숴야겠군."

"어렵지 않겠어."

"상투적이군."

"상투적이기에 좋은 수단이 되겠지."

방법론 또한 금방 정해졌다. 인류연맹이 그저 연약하기만한 세력이라는 전제하에 세워진 방법론이었지만, 이진혁의 존재를 제외한다면 그들의 인식이 그리 틀리기만 한 것은 아니었다.

그렇게 막히는 곳 없이 이어졌던 회의가 막힌 것은 바로 이 부분이었다.

"인류연맹에 투입한 마구니 자원이 어떻게 되지?"

"감옥에 10구 정도 있군."

좌중에 놀라움이 번졌다.

"감옥이라고? 공작을 벌이다가 숙청이라도 당한 건가?"

"아직 마구니가 되지 못한 공작 대상자가 이진혁을 대상으로 공작을 벌이다 실패했다는 보고가 올라와 있어. 마구니들은 거기에 연루되어 체포, 구금당했고."

분위기가 무거워졌다.

"인류연맹에 마구니를 가려낼 능력이 있나?"

"없다. 아직 채 마구니가 되지 않은 개체가 개인적으로 움직인 결과물이다."

"사고에 가깝지. 우연의 일치야."

"우연의 일치라 한들, 가볍게 받아들일 현상은 아니로군."

지금의 세상에서 행운과 우연을 그냥 넘기고 지나가서는 안 된다. 행운이라는 능력치가 존재하는 이상, 특별히 운이 좋은 개체가 계산을 망가뜨리고 계획을 엉망진창으로 만드는 경우를 배제할 수는 없다.

"위험도를 상향 조정해야겠군."

"인류연맹 내부에서 무너뜨릴 수 없다면, 외부의 힘을 이용해야겠어."

"귀찮아졌군."

"귀찮고 힘든 일이야."

"인류연맹은 그다지 세력이 크지는 않은 게 그나마 다행이로군. 적당한 세력 하나만 움직이는 걸로 대응하지."

그 의견에 반론은 금방 나왔다.

"두 개. 확실히 해야 해."

"두 개다. 이진혁이라는 존재의 위협은 그다지 낮지 않다."

"두 개로 하지."

"두 개."

그렇게 의견은 일치를 보았다.

"다수결로 결정됐군. 두 개를 움직이는 걸로 하지. 이 움직임으로 해당 세력 내에서 마구니가 축출당할 위험이 올라가겠지만, 1,000번대가 모였으니 리스크 관리가 가능할 테지."

"그럼 어떤 세력을 움직여야 할지 지금부터 결정해야겠군."

이제까지는 모두가 마라 파피야스로서 생각하며 의견을 제시했지만, 이제부터는 다르다. 각 분신들은 기존에 활동해 오던 영역이 있고, 그렇기에 누가 이득을 보고 손해를 보게 되는지가 갈린다. 즉, 격렬한 의견 차이가 발생하게 된다.

127시간의 격론 끝에, 마라 파피야스들은 결론을 냈다.

"공작을 마치면 동시에 두 세력을 움직이기로 하지."

"두 세력 간에 가벼운 동맹 같은 걸 맺어도 괜찮을 것 같은데."

"괜찮은 생각이로군. 첩보 자원이 허용하는 한 그러도록 하지."

그렇게 마라 파피야스들의 회의가 끝났다.

*   *   *

크리스티나로부터 연락이 온 것은 황금 전함으로 그랑란트로 향하고 있을 때의 일이었다.

―저, 국가영웅님.

크리스티나는 되게 말하기 껄끄러운 내용을 말해야 하기라도 하는지 주저주저하더니, 결국 입을 열고 이런 말을 했다.

—국가영웅님께서 너무 지나치게 높은 공을 세워 버리시는 바람에, 저희가 보상해 드릴 수 있는 수준에서 해결이 안 되는 사태가 일어나고 말았는데요······.

그건 그렇다. 악마 군주 하나 쓰러뜨릴 때마다 꽤 큰 보상을 주게 정해놨는데, 내가 세운 업적이란 건 그 악마 군주 하나가 먼지처럼 보일 업적이었다. 아니, 내가 한 거라 과장하는 게 아니라 진짜 그랬다. 만마전 전체를 뒤엎었으니 말이다.

"음? 그래? 그럼 줄 수 있는 범위 내에서 줘."

그래서 제대로 된 보상을 받을 수 있으리라곤 기대도 안 한 게 사실이었다. 어차피 인류연맹이 내게 줄 수 있는 보상이란 게 딱히 없기도 했다. 스킬도 전설 등급이 한계고, 능력치 주사위도 재고가 다 떨어져 간다고 하고, [레벨 업 티켓]을 줄 수 있는 것도 아니니 말이다.

이제까지의 패턴대로라면 뭔가의 권리나 땅, 건물 같은 걸 줄 것 같은데 이미 궁전 하나와 그 주변 임야를 받고 치외법권까지 보장받은지라 더 끌리진 않았다.

뭐, 아득바득 바닥을 긁어내겠다면야 가능은 하겠지만. 굳이?

그래서 대충 달라고 했더니 이번엔 크리스티나가 고개를 저었다.

—그, 그러면 안 돼요!

"아니, 왜?"

―군공의 보상이 제대로 이뤄지지 않은 세력에 미래는 없어
요!

정론이었다.

―어떤 보상을 드릴 수 있는지에 대해 지금 토론이 이어지
고 있거든요. 하지만 국가영웅님께 드리는 보상이 너무 늦어
지는 것도 문제라서, 일단은 일부라도 할부로나마 지급해 드
리는 게 좋겠다는 이야기가 나왔거든요. 국가영웅님께서 괜찮
으시다면…….

"좋아, 그렇게 해."

나는 고개를 끄덕였다.

"대신 내 보상 주느라 무리하다가 나 모르게 멸망하면 안
된다?"

―에이, 설마요……. …괜찮겠죠?

"그걸 왜 나한테 물어."

나는 헛웃음을 터뜨렸다.

*   *   *

블루 마블에서 그랑란트로 향하는 여정은 일주일 정도가
걸렸다.

생각해 보면 꽤 오래간만에 돌아오는 거였다. 그 여정도 복잡했고 말이다.

그랑란트에서 만마전으로 갔다가, 만마전을 적당히 털어먹고 만마전과 교단의 중간 지점인 전선에서 두 세력 간의 전쟁에 끼어들었다가, 교단 중심지까지 가서 브뤼스만의 일파를 축출하고 교단을 혁명했다가, 다시 만마전으로 와서 만마전을 블루 마블로 바꾼 후에 그랑란트로 다시 돌아오는 것이니 말이다.

그런데 아무리 오래간만이라지만, 이건 너무한 거 아닐까? 그런 생각이 들 정도로, 우리가 그랑란트로 돌아왔을 때 본 광경은 실로 놀라웠다.

"저, 저거 뭐야?!"

안젤라가 눈을 크게 뜨며 외쳤다. 그녀가 그렇게 외칠 만도 한 광경이 눈앞에 펼쳐져 있었다.

우리는 아직 그랑란트에 착륙하지도 않았다. 대기권에 들어가지도 않았다. 그럼에도 불구하고 궤도 선상에서 관측 가능한 빌딩이 보였다. 하늘을 찌를 듯 솟아오른 고층 빌딩! 이게 한 채도 아니고 여러 채가 하늘을 찌를 듯 쭉쭉 솟아 올라와 있었다.

"마천루(Skyscraper)!"

그렇게 외친 건 비토리야였다. 그래, 맞아. 마천루. 그녀의 말대로 진짜 마천루였다!

그런데 도리어 지구 출신이라던 안젤라는 비토리야나의 외침에 고개를 갸우뚱거리며 질문했다.

"마천루가 뭐야?"

"하늘을 긁어댈 수 있는 누각이라는 뜻이야. 지구 역사 기준으로 20세기 미국 도시들에 경쟁적으로 세워진 고층 건물군을 뜻하는 말이기도 하지."

비토리야나는 모처럼 아는 척할 수 있는 기회를 놓치지 않겠다는 듯, 빠른 목소리로 자랑스럽게 설명했다.

"비토리야나 너, 진짜 지구 문화에 대해 잘 아는구나…….
내가 모르는 것도 아네."

안젤라가 감탄했다. 그녀가 마천루를 모르는 걸 보니 내가 튜토리얼 세계에 처박혀 있는 동안 지구에 대체 무슨 일이 생겼었는지 대충 감이 오지만 나는 굳이 모르는 척했다.

그거야 뭐 어쨌든.

우리가 그랑란트를 떠난 것도 몇 달 지나지 않았다. 불과 1년도 안 되는 세월이다. 그 세월 동안 마천루 같은 게 세워질 수도 있는 건가?

아니, 이게 물리적으로 가능한 일인가?!

"일단 착륙해 봐야겠군."

대체 그랑란트에 무슨 일이 생겼는지 한번 알아봐야겠다.

　　　　　*　　　　　*　　　　　*

대기권으로 강하하여 내려오며 보이는 모습은 한층 더 충격적이었다.

우리가 궤도상에서 본 마천루는 변화의 일부에 지나지 않았다.

내가 처음 튜토리얼 세계에서 뛰쳐나왔을 때 보았던, 척박하고 그저 광활하기만 하던 황무지는 간 곳 없었다.

그 대신 푸르른 농지와 목초지가 끝도 없이 펼쳐져 있었다. 방목되고 있는 것으로 보이는 소와 말, 개가 목초지를 뛰어다니고 있었고, 농지 위에는 웬 드론이 날아다니며 물을 뿌리고 있었다.

드론? 잉? 그 드론?!

자세히 보니 내가 아는 그 드론이 맞았다. 프로펠러 몇 개 달고 시끄럽게 날아다니며 물을 뿌리는 저 무인 비행체는 지구 시절에 하나쯤은 갖고 싶었던 드론, 그 자체였다.

아니, 그랑란트에 왜 드론이야?!

그리고 그 농지들을 가로지르듯 잘 정비된 도로가 쭉쭉 뻗어 있었다. 그렇다, 도로다. 흙길도 아니고, 로마 시대 때 깔렸다던 돌로 만들어진 도로도 아니었다. 다행인지 뭔지 아스팔트 도로는 아니었으나, 콘크리트 비슷한 걸로 굳혀진 도로의 모습은 내게도 익숙했다.

왜 익숙하냐? 난 누구 멱살이라도 붙잡고 따져 묻고 싶은 기분에 휩싸였다.

지평선은 더 이상 지평선이 아니었다. 시야가 닿는 곳마다 건물들이 늘어서서 도시를 이루고 있었다. 궤도상에서 봤던 마천루가 늘어선 곳이 아무래도 가장 큰 도시이긴 한 듯 보였지만, 다른 도시에도 빌딩이 늘어서 번화해 보였다.

"와, 진짜 발전 많이 했네요? 여기가 그 변방 세계 맞아요?"

안젤라가 감탄하며 말했다. 하지만······.

"···내가 아는 그랑란트는 이렇지 않아."

나는 나도 모르게 그렇게 중얼거리고 말았다.

"아니, 그야 그렇죠. 거의 딴 세상인데."

"마음에 안 든다는 게 아니야."

이게 1년도 안 되는 세월 만에 가능한 변화인가? 아무리 스킬이 존재하고 물리법칙이 뒷전으로 밀리는 세상이라지만 이건 너무한 거 아닌가?

"듣고 보니 이상하네요."

안젤라도 뒤늦게 고개를 끄덕였다.

"왜 이렇게 된 건지 알 만한 사람들이 있잖아요. 찾아가서 물어보죠."

"정확히 하자면 사람이 아니지만 말이지."

"그렇게 말씀하시면 저도 천사긴 한데, 뭐 아무튼요."

우리는 우리가 없는 사이 그랑란트에 무슨 일이 생긴 건지 알 만한 사람에게 연락을 취해보기로 했다.

*　　　　*　　　　*

"오시길 고대하며 기다리고 있었어요!"

"이걸로 12년 만이네요, 이진혁 님!"

케이와 테스카가 나를 반갑게 맞이했다.

케이, 원래 이름 케찰코아틀. 그리고 테스카, 원래 이름 테스카틀리포카. 이 두 존재는 브뤼스만의 [지배의 권능]에 당해 그랑란트에서 '신 가나안 계획'을 실행하는 필드 보스로서 명령을 수행하다가 내 손에 의해 권능에서 풀려나게 되자 내게 은혜를 갚겠다며 날 따랐다.

그래서 나는 그들을 이진혁교의 권속으로 임명해서 혹시 모를 교단의 습격에 대비해 그랑란트의 인류 종족들을 지키고 이끌도록 했다.

물론 내가 걱정하던 사태는 일어나지 않았다. 교단은 브뤼스만의 마수로부터 벗어났고, 그 브뤼스만도 내 손에 의해 모든 능력을 잃고 교단의 잭 제이콥스에 의해 체포되었다.

이제 나와 교단은 적대 관계가 아니며, 인류연맹과 교단의 사이도 개선되었다. 다른 위협 세력인 만마전조차 블루 마블로 새로 태어났으니, 이제 그랑란트의 안위를 위협하는 거의 대부분의 요인이 사라진 셈이다.

이럴 줄 알았으면 이 둘도 데리고 다닐 걸 하는 생각도 들었지만, 그것도 직접 이야기를 나눠보기 전까지의 생각이었다.

"그, 그래. 잉? 그런데, 뭐? 12년?"

테스카의 입에서 나온 숫자가 워낙 충격적이었기 때문이다.

"네, 12년이요."

"대충 12년 맞아요."

케이도 동의했다.

"뭐야? 어떻게 된 거야?"

우리가 그랑란트를 떠나 있던 건 1년도 채 안 되는 세월이었다. 그런데 잠깐 만신전이랑 교단 좀 왕복하다 왔다고 그랑란트에선 12년이 흘러 있었다? 상대가 내 권속들이 아니었다면 몰래 카메라를 의심해야 할 상황이었다.

"아, 로드. 저 이 현상 알아요."

그렇게 말을 꺼낸 건 의외로 키르드였다.

"쌍둥이의 역설 현상이에요."

"그게 뭔데?"

"저도 책에서 읽은 건데요."

쌍둥이가 있다. 그런데 쌍둥이 동생은 자리에 머물러 있고, 쌍둥이 형은 굉장히 빠르게 움직인다. 빛에 가까운 속도로. 쌍둥이 형이 그 속도로 멀리 갔다가 돌아왔을 때, 형은 10살밖에 먹지 않았지만 동생은 20살을 먹게 된다.

"그게 무슨 소리야? 어떻게 해서 그렇게 돼?"

"그, 그…… 저도 책에서 읽은 거예요."

키르드도 제대로 설명을 못하겠는지 그렇게 얼버무리고 말았다. 나는 김이 빠져 되물었다.

"소설이야?"

"과학서요."

"뭐라고?"

"아, 그거."

옆에서 듣고 있던 안젤라가 알아들었다는 듯 끼어들었다.

"저도 생각났어요, 선배. 원정 다니는 크루세이더들한테 들은 건데, 원래 우주 전함에 오래 있으면 시간이 느리게 간다고 하더라고요."

"뭐라고?"

"멀리 원정 가는 함대 소속일수록 심한데, 갓난아기였던 아들이 장성해 있는 일도 생긴다더라고요. 뭐, 종족이 천사다 보니 수명으로 큰 문제가 발생하진 않지만요."

"아니. 우리가 전장에서 교단으로 갔을 때는 그런 일이 없었… 는데?"

나는 뒤늦게 깨달았다. 우리가 교단을 습격한 그날, 추모식은 1주기 추모식이었다. 누가 말을 해준 것도 아니고 그냥 스쳐 지나가다 현수막 걸어놓은 걸 본 게 전부였다.

난 그냥 내가 잘못 본 줄 알았는데? 아니었던 거야?

"맞아요. 우리가 며칠 걸려 교단으로 가는 동안, 교단에서는 벌써 1년이 지나 있었던 거죠."

우리한테만 벌어지는 일이 아닌 건 알았다. 그렇다고 납득이 가는 건 아니었다.

"뭐야? 그런 현상이 왜 발생하는 거야?"

"아인슈타인의 특수상대성이론이네요."

그때, 비토리야나의 입에서 왠지 익숙한 이름과 단어가 나왔다.

"아인슈타인? 특수상대성?"

"네, 그게……."

비토리야나는 뭔가 설명하려고 했지만 나는 즉시 손을 내밀어 그녀의 입을 멈추게 했다.

"아니야, 설명하지 마. 내가 이해할 수 없는 이야기란 건 알아들었어."

"아인슈타인하고 무슨 일이 있으셨기에!"

아무것도 없었다. 그냥 그 사람은 내가 이해할 수 없을 정도의 천재란 걸 알 뿐이다. 난 문과라고. 그런 이과의 최종 보스 이야기를 알아들을 수 있을 리 없잖아? 아, 문과란 건 물론 고등학교에서 그랬다는 이야기다.

내 최종 학력에 대한 이야기는 그만두고.

"그래서 내가 체감상 1년도 안 되는 여행을 다녀오는 새, 그 랑란트에선 12년이란 세월이 흘렀다는 소리구나."

나는 그냥 눈앞의 현상만 있는 그대로 받아들이기로 결정했다.

하긴 어째 이상하다 싶긴 했다. 지금 와서 생각하면 이상한 게 한두 개가 아니었다. 할부로 준다던 인류연맹의 보상이 매일매일 들어온다든가, 입금되는 것에 시간 좀 걸릴 거라던 교단의 현상금이 며칠도 안 지나서 들어온다든가.

내가 그렇게 원리는 모르기로 한 채 현상만 이해하고 있으려니, 케이와 테스카가 상황을 거의 이해하지 못한 듯 고개를 갸웃거리고 있었다.

"그게 무슨 말씀이에요?"

"뭐가 뭔지… 모르겠는데요?"

그런 케이와 테스카가 내게 깊은 동질감을 주었다. 나는 그들을 와락 껴안으며 외쳤다.

"역시 너희는 내 권속이구나!"

애네들을 내 권속으로 임명하길 정말 잘했다.

*   *   *

불과 12년간, 그랑란트는 눈부신 발전과 성장을 이룩했다.

그랑란트에서 처음 만난 드워프들이 오줌을 걸러서 먹고 바위 밑의 벌레를 잡아먹는 걸 직접 봤었는데, 지금에 이르러선 그게 생각나지 않을 정도의 세상이 되어버렸다. 아무리 사실 지난 세월이 1년이 아니라 12년이었다는 걸 알아도 이상할 정도로 빠른 속도였다.

그 이유를 케이는 이렇게 설명했다.

"원래대로라면 각기 다른 종족들이 치고받고 싸워서 인구와 생산력을 낭비하고 무분별한 개발과 파괴로 인해 문명이 후퇴하고… 뭐 그런 일들을 다 겪어야 했을 테지만요."

"그런데 그랑란트에는 그런 일이 없었다. 그래서 빠르게 성장할 수 있었다?"

"네!"

케이가 자랑스러운 듯 대답했다.

"원인은 물론 이진혁교죠!"

"이진혁교의 교리가 '화합하라, 서로 협력하라'니까요!"

테스카가 거들었다.

요는 세계 구세주 이진혁을 섬기는 이진혁교가 그들을 한데 묶는 구심점이 되었다는 논리였다. 더욱이 대제사장 케이와 총대주교 테스카가 눈을 부릅뜨고 지켜보고 있으니, 설령 싸움을 좋아하고 야망이 있는 종족이라 하더라도 쉬이 나서지 못했다.

그런 까닭에 그랑란트의 모든 인류 종족들이 이진혁교의 가르침에 따라 서로 힘을 합쳐 각자의 장점을 살려서 문명을 발전시키는 것이 가능했다.

그 결과, 그랑란트 세계는 불과 12년 만에 마천루를 올리고 드론으로 농지 관리를 하는 현대 시대로 돌입하는 게 가능해졌다.

듣고도 못 믿을 이야기였다. 아니, 그게 가능해?

"아예 밑바닥부터 문명을 쌓아올리는 거였다면 불가능했을지도 모르지만요."

"각 종족이 멸망당하기 전의 지식과 기술을 어떻게든 보존하고 전승해서 서로 보완하고 발전시킨 결과물이죠."

하긴 6.25전쟁으로 산업 기반을 송두리째 잃어버렸던 남한이 21세기에는 선진국 소릴 듣게 된 걸 보면 아주 없을 일인 것만은 아닐지도 몰랐다. 더욱이 눈앞에 결과물이 있는데 더 믿지 못하겠다고 말할 수도 없었다.

그래서 난 다른 말을 하기로 했다.

"둘이 아주 쿵짝이 잘 맞는군."

내가 다소 심술궂게 그렇게 말하자 둘의 반응이 조금 이상했다.

먼저 케이가 얼굴을 발그레 물들였다. 테스카도 겸연쩍은 듯 우물거리더니, 뭔가 큰 용기라도 낸 것처럼 내게 이렇게 선언했다.

"저, 저희 결혼했습니다!"

뜬금없는 폭탄선언이었다.

Chapter 4

전략.

케이와 테스카가 결혼했다고 한다.

"아니, 뭐?!"

"뭐라고?!"

나랑 안젤라가 거의 동시에 놀랐다. 물론 내가 민첩 능력치가 좀 더 높기에 더 빨리 반응했다. …이게 중요한 게 아니잖아.

"둘 다 여자 아니었어?"

내 입으로 하기에 껄끄러운 질문 대신 해줘서 고맙다, 안젤라! …입 밖에 내서 고마워하진 않겠지만.

"뭐, 인간 형태의 성별은 내 맘대로 정할 수 있으니까."

테스카가 부끄러운 듯 꼬무작대면서 대답했다. 아, 그랬지. 이 녀석들, 지금 모습이 진짜 모습이 아니라고 했지. 말하는 걸 듣자 하니 아무래도 남자 역할이라고 해야 하나, 뭐라고 해야 하나. 아무튼 그건 테스카 쪽이 담당한 듯했다.

"지금도 여자잖아?"

안젤라도 나랑 같은 결론에 도달한 건지, 명백히 테스카 쪽을 주시하면서 그녀의 훤히 드러낸 풍만한 가슴을 가리켜 물었다.

"그건 이진혁 님을 맞이하기 위해서……. 떠나실 때 취했던 모습을 그대로 취한 거야. 혹시… 못 알아보실 수도 있으니까."

안젤라는 분명 테스카한테 질문한 거였는데, 어째선지 케이가 변명하듯 말했다.

과연, 그렇군. 부부라 이건가.

"원래 사이 나쁘다고 하지 않았나?"

나는 둘을 놀릴 셈으로 말한 거였다. 내 의도는 성공적으로 들어맞아, 케이의 얼굴이 잘 익은 체리처럼 새빨갛게 물들었다.

"물론 안 좋았죠. 그치만……."

"브뤼스만의 [지배의 권능]에 당한 채 보냈던 그 질곡의 세월이 그 이전의 나쁜 기억 따위는 단순한 추억 같은 것으로 만들어 버리더군요."

"악연을 인연으로 만들어줬죠."

케이, 테스카, 케이의 순이다. 말하자면 쿵, 짝, 쿵이다. 놀릴 셈으로 말한 거였는데, 입에 식초를 머금은 것 같은 표정을 지어야 하는 건 내 쪽이 되었다.

어째서!

게다가 이걸로 끝이 아니었다.

"12년 동안 이진혁 님이 돌아오시지 않고, 어울릴 사람이라곤 이이밖에 없었으니까요."

이이란다!

그 충격적인 지시대명사에 나는 머금고 있던 식초를 뿜어 버릴 뻔했다. 물론 실제로 식초를 머금고 있던 건 아니었으니, 내뿜지도 않았고 애초에 내뿜을 수도 없었지만 아무튼.

"어쩌면 이렇게 영원히 둘이서만 지낼 수도 있겠다는 생각이 드니, 절박해지더군요. 아, 물론 이진혁 님께서 살아계셨다는 건 권속으로 남은 것으로 알고는 있었지만요."

"게다가 이진혁교의 교리가 '화합하라'잖아요. 그래서…….
그렇게 됐어요."

꺄악 하고 소리 지르며, 케이가 그렇게 마무리했다.

아무래도 내가 알고 있는 화합의 뜻과 그녀가 알고 있는 같은 단어의 의미가 조금 다른 것 같긴 하지만, 아무튼 그런 그녀의 반응에 나는 기묘한 깨달음을 얻게 되었다.

응, 알았다. 이미 놀릴 단계는 지나 버린 거구나. 한 10년쯤 전에.

왠지 섭섭했다.

"부럽다."

안젤라가 말했다. 나는 귀를 의심했다. 부럽다고?

"아, 그렇지. 브뤼스만 해치웠어."

안젤라의 입에서 무슨 소리가 나올지 두려워서, 나는 급격한 화제전환을 시도했다.

"정말이요!?"

"정말 대단하십니다!"

대단히 뜬금없고 맥락도 없이 지른 화제전환임에도 두 옛신은 잘도 따라와 주었다.

"이야길 들었는지 모르겠지만 교단과도 어떻게든 화해했고… 신 가나안 계획도 취소시켰어. 이제 교단의 인퀴지터니 뭐니 하는 게 찾아올 일은 없을 거야."

"대체 무슨 일을 하신 겁니까! 마치 신 같네요! 아니, 실제로 우리의 하느님이시지만요!!"

테스카가 웃으며 외쳤다.

"만마전도 명맥이 끊어졌어. 이젠 악마들이 아니야. 청마인이라는 새로운 인류종이 되었지. 그리고 그들도 이진혁교로 개종했으니 더 이상 적이 아니라 가족에 가까운 관계가 됐어."

"세상에. 작년인가 재작년쯤에 이진혁교가 뜬금없이 크게 성장했었는데, 원인이 그거였군요! 어디서 뭘 하시는지 궁금했는데, 저희가 뭘 상상하든 그 이상을 해내셨던 거로군요."

케이도 감탄했다.

음, 좋아. 이 정도면 화제전환은 완벽히 된 것 같군. 그렇게 내심 만족하고 있으려니, 이번에는 테스카 쪽에서 슬며시 웃으며 이렇게 말했다.

"저희 쪽에도 이진혁 님께서 약간이라도 놀라실 일이 조금 생겼습니다."

"그게 너희 결혼보다 충격적이야?"

안젤라가 입을 열었다. 다시 그쪽으로 화제를 되돌릴 셈인가? 어째서! 하지만 그런 안젤라의 시도는 소용없었다. 테스카의 선언은 정말로 둘의 결혼 소식 이상으로 충격적이었으므로.

"이 세계에 튜토리얼 세계가 열렸습니다. 그랑란트에서도 플레이어가 태어나기 시작했어요."

그랑란트의 원주민들이 레벨과 능력치, 그리고 스킬을 얻고 급격히 강해지기 시작했다는 건 다른 무엇보다 충격적인 보고였다. 그 보고를 듣고 내가 받은 충격은 저 높이 하늘을 뚫고 솟아오른 마천루의 대도시가 시각적으로 준 충격보다도 더 컸다.

아니, 전후 관계가 잘못되었다. 플레이어가 되어 물리법칙을 초월한 능력을 얻은 덕에 불과 12년 만에 저런 마천루를 세워 올릴 수 있었던 거였다.

사실 생각해 보면 그랑란트 원주민들에겐 원래 잠재력이 있었다. 드워프들이 지어놓았던, 산맥을 꿰뚫는 거대한 지하 건축물만 봐도 그러했으니. 그런데 여기에 능력치의 성장과 스킬의 활용까지 얹어지니 문자 그대로 하늘을 뚫어버리게 되었다.

그리고 다음 순간, 이 사태가 결코 내게 해가 되는 것이 아님을 나는 곧 깨닫게 되었다.

"테스카."

"예."

테스카는 내게 의미심장한 미소를 보여주었다.

"이미 다 분류를 끝내놓았습니다."

분류를 끝내놓았다. 이 말이 가지는 의미는 실로 흡족했다. 그녀, 아니, 이제 '그'라고 호칭해야 하려나. 아무럼 어때. 아무튼 테스카는 이미 내가 깨달을 것을 알고 내가 했어야 할 일을 미리 마쳐놓았다는 이야기니.

무슨 말이냐면……. 이는 테스카가 지닌 고유 특성에 기인한다. 테스카는 [즐거운 회식]이라는 고유 특성을 지니고 있는데, 효과는 회식 자리에서 얻는 긍정적인 효과를 공유하게 된다는 거였다.

그리고 그랑란트에 플레이어가 생겼다는 정보는 곧 고유 특성을 가진 사람들이 플레이어의 숫자만큼 생겼다는 뜻이기도 했다.

이 상황에서 우리가 해야 할 일이 무엇인가? 그것은 바로 회식이다.

[즐거운 회식] 특성을 통해 유효한 시너지를 발휘할 만한 특성을 지닌 플레이어와 그 특성을 공유하고 나나 다른 이들의 특성과 화학작용을 일으켜 뭔가 더 대단한 이득을 얻어낼 수 있게 된다.

테스카가 아까 말한 '분류는 끝내놓았다'는 말의 의미는 명확했다. 적어도 나의 [한계돌파] 특성과 시너지를 일으킬 만한 플레이어의 인선을 마쳐 놓았다는 뜻이다.

"바로 준비해. 술이랑 요리는 내가 준비하지."

그러므로 나는 곧장 말했다. 내 지시에 테스카가 머리를 조아리며 말했다.

"오랜만에 이진혁 님께서 차려주신 회식 요리를 먹을 생각을 하니 벌써 군침이 도는군요."

"네겐 충분히 먹을 자격이 있어."

나는 흡족히 대꾸했다.

물론 어차피 테스카의 특성 때문에라도, 안 먹겠다고 해도 억지로라도 먹일 생각이었긴 했지만 말이다.

*   *   *

케이와 테스카는 우리를 마천루가 들어선 대도시로 인도했다. 걸어 들어간 건 아니고, 황금 전함을 딱 한 대만 불러내다 같이 타고 갔다. 스킬로 날아가도 되지만 그러면 다들 속도 차이도 나고 무엇보다 귀찮으니까.

대기권 바깥에서도 봤고 대기권 돌파 후 강하하면서도 본 광경이지만, 이렇게 저공비행을 하면서 보는 건 또 느낌이 달랐다. 무엇보다 달랐던 건 도시 주변을 성벽처럼 둘러싼 빌딩들 사이에 우뚝 솟은… 내 동상이었다.

황동으로 마감한 탓에 황금빛에 가까운 빛으로 반짝이는 동상이 내 모습을 2할 정도는 더 미화된 모습으로 조형되어 도시 중앙에 우뚝 서 있었다. 그 크기는 아무리 작게 잡아도 18m, 어쩌면 24m 정도는 될지도 몰랐다.

그렇다. 달라진 느낌이란 이 도시를 바라보는 감정이 단순한 감탄에서 명백한 부끄러움으로 바뀐 걸 뜻했다.

"그랑란트의 세계 수도이자 성지, 이진혁 시티에 오신 것을 환영합니다!"

황금 전함이 도시 안으로 들어서자마자, 테스카가 그렇게 너스레를 떨었다. 그 너스레는 이미 동상의 존재 때문에 한 방 얻어맞은 내게 결정타를 날리고 말았다.

"이진혁?! 시티?! 그게 뭐야?!"

나는 나도 모르게 외치고 말았다.

"로드! 굉장해요, 로드!!"

반면, 키르드는 순진하게 감탄했다. 당연하지만 그런 키르드의 반응은 내겐 대미지밖에 안 됐다.

"드워프들 이야기를 듣자하니 이진혁 님께서 그랑란트에 처음으로 임하신 곳이 바로 이 주변이라 하더군요. 그래서 이진혁교의 총력을 모아 여기에 이진혁 시티를 세우기로 했죠!"

내가 충격을 받든 피를 토하든 아무런 흔들림도 없이, 케이가 자랑스레 그렇게 늘어놓았다.

당연하지만 내가 묻고자 한 건 그게 아니었다.

"그게 아니라, 왜 도시 이름이 이진혁 시티냐고!"

내 비명과도 같은 물음에 케이는 왜 그런 당연한 것에 의문을 품느냐는 듯 고개를 갸웃거리면서도 일단은 성실하게 대답했다.

"그야 이진혁 님께 봉헌된 도시니까요."

"애초부터 그 목적으로 만든 계획도시예요."

테스카가 이어 설명했다.

도시를 봉헌하다니, 어디서 들어본 이야기 같은데? 아니, 그런 게 중요하지는 않다.

"이름 바꿔."

나는 단호히 요구했다.

"안 돼요."

케이는 의외로 내 요구를 딱 잘라 거절했다.

"세계의 가장 큰 도시이자 세계의 중심이나 다름없는 이 도시의 이름에 이진혁 님의 이름이 새겨진 것만으로 신앙 수급 효율이 얼마나 올라가는지 아세요? 절대 못 바꿔요."

그때, 테스카가 강경한 케이의 어깨를 잡아끌었다.

"이진혁 님께선 저희의 신이십니다. 저희는 이진혁 님의 권속이고요. 명령하신다면 따라야 하겠지만 그 전까지 저희는 이렇게 행동할 겁니다."

테스카의 말을 듣고서 케이도 뭔가 뒤늦게 깨닫기라도 한 듯 고개를 끄덕였다. 둘이서 타이밍이라도 맞춘 건지, 고개를 마주 끄덕인 후에 둘은 바닥에 납작 엎드렸다.

그러곤 이렇게 외쳤다.

"통촉하여 주시옵소서!"

이것도 어디서 본 것 같은 장면인데…….

*   *   *

결국 이진혁 시티의 이름은 바뀌지 않게 되었다.

통촉해 달라는 두 권속의 의중을 존중해서 그런 건 아니다. 이 도시 이름 덕에 신앙이 쌓이는 효율이 더 높아진다잖아. 그럼 그대로 둬야겠지?

그러니까 내 이득이 되니 그냥 놔두기로 한 거다.

결코… 내가 좋아서 그냥 놔둔 게 아니다.

그러나 내 역경은 여기서 끝난 게 아니었다.

케이와 테스카는 우리를 도시 중앙의 가장 거대한 건축물로 인도했다. 우리가 그랑란트의 궤도권에 있을 때 본 바로 그 건물이었다. 대기권 바깥에서도 그 모습이 보일 정도로 대단히 높고 거대했다.

"마치 하늘을 향해 찌른 창과 같은 모습이네요. 그야말로 마천루 그 자체예요."

비토리야나가 어째선지 감회가 새로운 듯 혼잣말을 흘렸다. 그런 그녀의 말을 적당히 흘려듣고 있자니, 그 옆에서 도저히 흘려들을 수 없는 단어가 튀어나왔다.

"이게 바로 이진혁 시티의 랜드마크, 이진혁 월드타워입니다."

　　　　*　　　　　　*　　　　　　*

　솔직히 말해, 난 잘못 들은 척하고 싶었다.

　"뭐? 무슨 타워?"

　"이진혁 월드타워입니다, 이진혁 님."

　나는 그 이름을 입 밖에 낸 테스카의 멱살을 잡고 묻고 싶은 걸 간신히 참았다.

　"따로 말씀드릴 것도 없이 당연히 이진혁 님의 이름을 따서 지었고요. 월드타워인 건 이 세계를 대표하는 탑인 동시에 기념물인 걸 상징합니다."

　"이 세계에서 가장 높은 이 건축물이 세워진 뒤로, 그랑란트의 신앙 생산량이 50%가량 더 빨라졌다는 통계가 나와 있습니다."

　부부가 아주 그냥 쿵짝으로 날 괴롭힌다.

　그러나 참아야 하느니라! 약간의 쪽팔림을 감수하면 신앙 수급 효율이 올라간다는데! 수치심보다는 신앙이 가치 있다! 감수할 만하다!

　이진혁 월드타워… 는! …지상 123층에 지하 6층으로 총 129층으로 이뤄진 건축물로서 그 높이는 무려 553m, 완공에 이르기까지 9년의 세월이 걸린 현대 건축 기술의 총아를 집결

시켜 만들어낸 인세의 걸작이라고 한다.

여기서 말하는 현대 건축 기술이란 건 당연히 스킬을 말한다. 플레이어 스킬. 드워프를 비롯한 일부 종족만이 가질 수 있는 부직업인 건축가 직업 스킬을 통해 어느 정도 물리법칙을 무시한 채 건물을 올리는 것이 가능했다고 한다.

하긴, 타워크레인도 없이 553m를 쌓아 올리려면 그 정돈 필요했다.

그 외견은 비토리야나의 말을 빌리자면 창과 같은 형태의 건축물이었다. 테스카의 설명에 의하면 건물 옆으로 몰아치는 바람을 견디기 위해 어쩔 수 없이 날카로운 형태가 되어버렸다고 한다.

"최상층에 더 공간을 넓게 잡고 싶었는데 어쩔 수 없었습니다. 부족한 건축 기술은 스킬로 해결이 되어도, 지어진 건물은 물리법칙을 무시하지 못하니 말입니다."

왜 더 넓게 잡고 싶었는지에 대한 설명은 묻기도 전에 튀어나왔다. 그 이진혁 월드 타워의 최상층이 바로 나를 위해 마련해 놓은 내 집무실이었는데, 그 집무실을 조금이라도 더 넓게 만들고 싶었던 욕망 때문이었다.

그게 테스카의 개인적인 욕망인 건 아니었다. 애초에 이 월드타워를 설계한 드워프가 이 세계에서 가장 큰 건축물의 가장 높은 곳에 가장 높으신 분이 임하리라는 믿음을 담아서 설계했다고 한다. 테스카는 그 드워프의 신앙심에 감탄해 모든 지원을 아끼지 않았다.

그렇게 그 드워프를 필두로 한 그랑란트의 내로라하는 모든 건축가들이 모여 머리를 맞대고 조금이라도 더 높은 곳에 영광되고 성스러운 공간을 만들고자 노력한 결과물이 이것이라고 한다.

그러니 저 이진혁 월드타워는 문자 그대로 종교적인 건축물인 셈이다.

특히 내가 튜토리얼 세계에서 빠져나온 날을 기념해서 만든 날인 '이진혁 님 오신 날'에는 이 타워 주변에 사람들이 구름같이 몰려드는데, 이 타워가 성지 순례의 대상이 되었기 때문이다.

물론 타워의 완공 자체는 재작년에 되었으므로 그 전까지는 타워 앞의 동상이 순례의 대상이었다고도 케이가 설명했다.

…설명을 듣고 있자니 대략 정신이 멍해진다.

"이진혁 오신 날은 또 뭐야……."

내 목소리에 울먹임이 묻어나고 있다는 사실을 자각하는 기분은 별로… 별로 안 좋았다.

"이진혁 님 오신 날입니다, 이진혁 님."

그 와중에 테스카가 내 혼잣말을 정정해 주었다.

"나더러 내 이름 뒤에 님자를 붙이란 말이야?"

"그건 그것대로 좀 이상하긴 하군요! 와하하!!"

웃지 마라…….

*　　　　　*　　　　　*

우리는 이진혁 월드타워에 도착했다.

내가 황금 전함을 타고 다닌다는 걸 이미 알고 있던 케이와 테스카는 타워의 100층 구간에 공중 전함 전용 부두를 만들어놓았고, 그래서 우린 거기다 배를 대고 내렸다. 그 뒤엔 당연히 인벤토리로 회수하면 끝. 역시 편하긴 편하다.

케이와 테스카는 우리를 엘리베이터로 안내했다. 엘리베이터……. 후, 이제는 이상하게 느껴지지도 않는다.

"테이, 이거 동력이 뭐야?"

거의 소음 없이 움직이는 엘리베이터가 신기했던지, 안젤라가 테스카에게 물었다.

"마력이지. 마법사들이 매일 3교대로 마력을 공급해 줘서 운행하고 있어."

"아, 역시 마력이구나."

너무 간단하게 납득하지 말아줄래?

아무튼 이 월드타워의 123층이 집무실, 그리고 그 바로 아래층인 122층이 이진혁교 천공예배당이었다.

우리의 목적지가 바로 그 천공예배당이었다.

엘리베이터에서 먼저 내린 케이와 테스카가 예배당의 쓸데 없이 무겁고 큰 문을 열어젖혔다. 예배당에는 이미 한 무리의 인류종이 모여 있었다. 케이와 테스카를 보고 앉아 있던 그들이 자리에 벌떡 일어났다.

"오오, 이진혁 님. 이렇게 다시 뵙게 될 줄이야! 꿈에도 생각 못 했습니다!!"

그들 중에 체구가 작은 축에 속하던 이가 내 얼굴을 보고 이렇게 소리 질렀다. 어디서 들어본 것 같은 목소리였다.

"신이시여, 부디 축복을 내려주소서! 이 비루한 자의 하잘 것 없는 이름은 두프르프라 하옵니다!!"

나는 켜켜이 쌓인 기억 속을 한차례 뒤집어엎은 후에나 간신히 그 이름을 기억해 냈다.

"두프르프? 그 두프르프?"

두프르프, 이 드워프는 내가 튜토리얼 세계에서 빠져나와 처음으로 조우한 인물이었다.

내가 황야에 켜놓은 캠프파이어를 보고 호들갑을 떨며 날 찾아온 그 드워프. 지나치게 홀쭉해 드워프 맞냐는 생각이 먼저 들었던 첫인상은 간곳없이 실로 드워프다운 똥배가 튀어나와 있었다.

단순히 살만 찐 게 아니라 이름을 듣고서야 겨우 생각났을 정도로 신색이 바뀌어 있었다.

"오오, 기억해 주시다니! 영광입니다!!"

"신이시여, 부디 축복을 내려주소서! 저는, 저는 라카차입니다!!"

그 옆에 있던 오크가 그 자리에 엎드려 이마를 바닥에 찧으며 다급하게 외쳤다.

기억의 실타래가 풀려, 나는 곧 라카차 또한 기억해 냈다. 드워프들의 도구를 훔쳐갔던 오크 강도 중 하나였지. 오크들을 상대로 밤새 반격가 스킬을 수련했던 즐거웠던 추억도 함께 떠올렸다.

"기억하고 있다, 라카차. 네놈을 바닥에 메다꽂은 기억이 생생하군."

얘네들을 [막고 던지기]로 메치는 맛이 참 찰졌는데!

"오오, 영광입니다! 영광입니다!!"

라카차는 뜨거운 눈물을 흘리며 기뻐했다. 메다꽂은 걸 기억해 냈다고 했는데 이렇게 기뻐하다니, 그럼 내가 뭐가 되냐? 그러나 나는 여기 모인 다른 이들이 라카차를 향해 부러워하는 눈길을 쏘아 보내고 있다는 사실을 깨닫고, 이런 것조차 자랑거리가 되어버렸음을 통감해야 했다.

"신이시여, 부디 축복을 내려주소서! 이 하찮은 종놈의 이름은 엘르히라 하옵니다!"

개중에 키가 훤칠하게 큰, 머리카락부터 발끝까지 희멀건한 이가 이마를 땅에 박으며 말했다. 저건 분명 엘프, 설원 엘프였다.

"그래, 기억하고 있다. 내게서 짜장면을 얻어먹었었지. 아마도 네가 처음이었을 거다."

내가 말하자마자 상황이 역전되어, 이번엔 두프르프와 라카차가 부러운 듯 엘르히를 쏘아보기 시작했다. 그러고 보니 그랑란트에 처음 떨어졌을 땐 지금 사정에 대해 확신을 못 한 바람에 짜장면을 바로 먹진 않았었지. 그렇다 보니 저 둘은 내게 짜장면을 얻어먹은 적이 없다.

"신이시여, 부디 축복을 내려주소서! 낑낑! 저는 후루호이라 하옵니다!"

"신이시여, 부디 축복을! 저는, 저는 시에니에라 하옵니다!!"

다른 이들도 자기 이름을 대며 제발 알아달라는 듯 내게 인사를 하기 시작했다. 아, 저 털북숭이는 기억난다. 배를 까면서 내게 복종을 맹세했었지. 저 비린내 날 것처럼 보이는 남자 세이렌도 나한테 맛없는 호수 딸기를 진상했었지. 그래도 그땐 배가 고파서 잘 먹었었다.

하지만 그 외엔 슬슬 기억이 나질 않는 데다, 다들 절박하게 목소리를 높이는 바람에 자리가 소란스러워졌다.

"그만, 그만! 그만하고 다들 자리에 앉아!"

딱 그때쯤에 케이가 끼어들었다. 그러자 소란이 딱 멎었다. 괜히 총대주교가 아닌지…… 아니, 앤 대제사장이었던가? 에이, 어느 쪽이건 뭐 어때.

"자, 이진혁 님. 상석으로 가시지요."

"상석?"

테스카가 상석이랍시고 가리킨 곳을 보니, 내 동상이 커다랗게 세워진 곳에 황금과 백금으로 만들어지고 온갖 보석으로 장식된 화려한 옥좌가 마련되어 있었다.

저거 참, 저기 앉으면 되게 쪽팔릴 것 같은데.

"여기 모인 이들과 이들이 이끄는 민족들이 이진혁 님의 귀환만을 기다리며 모두 힘을 합쳐 만든 자리입니다만, 지난 12년간 저 자리는 누구도 앉은 자가 없습니다. 그런데 오늘 드디어 주인을 모시게 되는군요."

내 속내를 들여다보기라도 한 듯, 테스카가 입에 참기름이라도 바른 것 같은 기세로 줄줄이 설명했다. 그리고 그런 저급한 선동이 통하기라도 한 건지, 자리에 모인 이들의 눈시울이 붉어졌다.

분위기가 이래서야 거절할 수도 없게 되었다. 물론 이들의 기대를 배신하는 건 내 맘이지만, 나는 그냥 이들이 원하는 대로 더없이 화려한 옥좌에 앉아주었다.

"오, 오오……."

"드디어! 옥좌에 주인이!"

"왕이… 신께서 귀환하셨도다!"

기뻐하니 다행이네.

나는 멍한 눈으로 그렇게 생각했다.

"자, 다들 흥분 그만하고. 준비했던 거. 하나, 둘."

케이가 그렇게 말하자, 좌중의 모두가 큼큼 하고 목을 가다
듬더니 케이의 지휘에 맞춰 갑자기 노래를 하기 시작했다.

찬양하라, 찬양하라, 높이 노래 불러라

잊어버린 자들은 기억을 되새기고 다시 떠올려라

이진혁 님의 은혜는 하늘과 같아

그 짜장면은 달고도 맛있었지

그 탕수육은 천상의 맛이었네

아아, 고마우셔라

아아, 보답하리라

이진혁 님의 은혜

"잠깐, 잠깐."

그냥 듣자 하니 도저히 못 듣고 있겠다.

"그거 뭐야?"

"찬송가요."

케이가 악의 한 점 보이지 않는 웃음과 함께 해맑게 대답했다.

"이진혁 님을 찬양하기 위해 제가 직접 지었습니다."

세이렌인 시에니에가 실로 자랑스러워하며 말했다.

"작사는 제가 도왔죠."

설원 엘프 엘르히가 한마디 보탰다.

"그……. 헉."

내 표정이 안 좋으니, 애들이 불안해하기 시작했다. 만약 이 딴 거 바로 때려치라고 하면 주동자인 케이는 그렇다 치고 시에니에와 엘르히는 자살해 버릴지도 모르겠다.

"…인상적이군!"

나는 왜 이렇게 마음이 약할까?

"아, 다행입니다! 마음에 안 들어 하시면 어떻게 해야 하나 고민이 많았었는데! 그럼 환영식을 예정대로 진행해도 되겠군요!!"

테스카가 기쁜 듯 말했다.

"응? 이게 환영식 아니야?"

"설마 그럴 리가요. 이건 그냥 식전 행사 비슷한 겁니다. 이 진혁 님은 세계의 구세주신데 고작 이 인원만이 환영식에 참가할 리가 없지 않습니까? 갑작스럽게 준비하는 것보다는 일정을 정해놓고 제대로 하는 게 나을 것 같아서 뒤로 미룬 것 뿐입니다."

내 질문에 테스카는 당연하다는 듯 고개를 저으며 설명했다.

"먼저 이진혁 님의 귀환을 반기는 뜻에서 도시 전체를 들어 축제를 벌일 겁니다. 그리고 세계의 각 도시를 돌며 축제를 벌일 거구요. 마지막으로 이 도시로 돌아와 성대한 이벤트를 벌여서 마무리를 장식할 겁니다."

월드 투어냐!

"이이가 언제 올 줄 모르는 이날을 대비해 미리 계획 다 짜났어요!"

배우자의 그런 모습이 꽤나 자랑스러운 듯 케이가 가슴을 펴며 말했다.

"고래로부터 축제는 신앙적인 성격을 띠어왔죠. 그리고 이진혁 님을 중심으로 한 축제 또한 그렇게 기획해 놓았습니다. 이 세계 축제로 인해 이진혁 님에 대한 신도들의 신앙이 크게 증폭할 겁니다. 신앙심이 얕은 이들도, 아예 믿지 않던 놈들도 끌어들일 좋은 기회죠!"

그리고 테스카가 내 도주로를 봉쇄했다.

…도망갈 길이 없었다!

"말씀드리기 외람되오나 신이시여."

드워프, 두프르프가 갑작스럽게 말했다. 그로서는 내면의
용기를 바닥까지 짜내어 꺼낸 말인지, 얼굴은 시뻘겋고 식은
땀을 뻘뻘 흘리고 있었다.

그리고 그런 상태로 한다는 말이 이거였다.

"짜……. 짜장면이 먹고 싶나이다."

얼마나 먹고 싶었으면…….

"알았어. 너한테만이라도……."

내가 말하자, 라카차가 급하게 끼어들었다.

"저, 저, 저, 저, 저도 먹고 싶나이다!!"

덩치도 큰 오크가 말을 더듬기까지 하며 짜장면을 원하는
이 그림은 뭐랄까……. 별로 후세에 남기고 싶지는 않은 그림
이었다.

그러고 보니 드워프와 오크는 짜장면을 맛본 적이 없지. 별
로 비싸지도 않은 거, 안 먹여줄 이유가 더 적다.

"어, 그래. 너희 둘만이라도……."

그래서 나는 인류연맹의 상점에서 오랜만에 짜장면 한 그
릇을 사보려고 했다. 그런데 이게 끝이 아니었다.

"저도 먹고 싶나이다!"

"저도 먹고 싶나이다!"

"저도!"

"저도……!"

혹시나 말하지 않으면 얻어먹지 못하리란 불안감에라도 휩싸인 탓일까. 신도들은 꽤나 저돌적으로 내게 짜장면을 외쳤다.

찬송가에까지 등장하는 짜장면은 이진혁교 신도에게 있어 꽤나 특별한 위치를 차지하는 음식인 듯했다. 이 세계, 그랑란트에서 나를 처음 만난 종족이라는 어드벤티지마저 상쇄하는 걸 보니 말이다.

"후, 그렇게들 원한다면 어쩔 수 없지."

그렇게 회식의 첫 음식은 짜장면으로 통일되었다.

"돈 안 들어서 좋네."

나는 그냥 그렇게 생각하기로 했다.

"신께서 기뻐하시니 저도 기쁘기 한량없나이다!"

내 혼잣말을 들은 듯, 두프르프가 빽 소리 질렀다.

…얘네 앞에선 비꼬는 말도 해선 안 된다는 걸 나는 새삼스레 배웠다.

아무튼.

일단 애들에게 짜장면을 한 그릇씩 돌리고 술도 한 순배 돌려 회식의 조건을 만족시킨 후에, 나는 이 인선을 모아들인 케이와 테스카에게 경탄할 수밖에 없었다.

"정말, 잘도 모았군."

테스카의 [즐거운 회식] 특성으로 인해 공유하는 고유 특성이 다들 장난 아니었다.

그중에서도 인상적인 걸 꼽아보자면 베스트 3가 이거였다.

[나 혼자 두 배], [별 하나 더], [관심중독중].

그리고 넘버원은 당연히 [나 혼자 두 배]였다.

"야코프 체렌코프의 고유 특성이었지."

나는 술잔에 든 술을 돌리며 씁쓰레 웃었다.

야코프 체렌코프. 교단의 크루세이더 12군단의 군단장이었던 자. 브뤼스만의 음모에 의해 희생당한 그의 고유 특성이 바로 [나 혼자 두 배]였다.

[별 하나 더]와 [관심중독중]도 그와 함께 희생당했던 12군단의 장병들 중 눈에 띄는 특성들이었고 말이다. 이 특성들을 발굴해 내기 위해 특성 오디션을 열었던 것도 이제는 먼 옛날 일처럼 여겨진다.

"그들이 그랑란트에서 희생당해서 그런지, 그 고유 특성을 이어받은 자들도 이 땅에서 태어난 모양이더군요. 뭐, 무슨 기준으로 어떻게 고유 특성이 배분되는지는 저도 모르지만요. 그냥 우연의 일치만은 아니겠다는 생각이 들더군요."

테스카가 내 심정을 이해하기라도 한 듯 고개를 끄덕이며 언급했다.

"아무튼 반갑군."

이 세 특성을 지니고 플레이어가 된 세 명은 내가 얼굴도 이름도 모르는 이들이었다. 직접적으론 날 처음 보고 내게서 무슨 은혜를 받은 것도 아님에도 불구하고, 그들은 실로 영광된 일이라는 듯 내 잔을 받았다.

"오오, 이럴 수가! 이렇게 맛있을 수가!!"

"이것이 신께서 내리신 짜장면의… 맛!"

두프르프와 라카차는 아예 얼굴을 눈물범벅으로 만들며 인류연맹 상점제 짜장면을 맛보고 있었다. 그러나 감격해 하는 건 그 둘만이 아니었다.

"레벨 업! 저 레벨 업 했어요! 한계를 넘어서 성장하다니!"

"신의 축복! 신의 축복입니다! 이진혁 님의 축복입니다!"

후, 짜장면만으로 레벨 업을 할 수 있는 저들이 부럽다.

물론 저들은 단순히 레벨 한계에 걸려 경험치만은 이미 100%를 채워두었을 테니, [즐거운 회식] 특성이 적용되는 순간 경험치량과는 상관없이 레벨 업을 했겠지만 말이다. 항시 [한계 돌파] 상태인 내가 저들을 부러워하는 것 자체가 말도 안 된다는 소리다.

뭐, 이성으론 그렇게 생각하지만 감성은 다르지.

부럽다! 나도 레벨 업 하고 싶다!

나도 단순한 상점제 짜장면에서 얻을 수 있으리라곤 믿어지지 않을 정도로 막대한 경험치를 얻었지만, 그래 봐야 히든 2차 전직 직업인 세계혁명가가 요구하는 레벨 업 경험치의 0.01%도 얻지 못했다. 사실 그보다도 아래지만 경험치 게이지는 0.01% 미만은 표시하지 않아서……. 아무튼 경험치 게이지는 미동도 없었다.

"대리만족이라도 해야겠군."

나는 그렇게 나지막하니 중얼거리곤 상태창을 열어 잔여 미배분 능력치 항목을 선택했다.

잔여 미배분 능력치: 999+

왜 잔여 미배분 능력치가 이런 상태냐면, 능력치 제한 255에 걸린 채, 능력치를 배분 못 하고 남겨둔 게 꽤 오래전의 일이기 때문이었다.

더욱이 선멸자 직업이 괜히 히든 전직이 아니라 레벨 업할 때마다 꽤 많은 양의 능력치를 줬다. 그걸 만렙 찍고, 세계혁명가까지 20레벨까지 찍었으니 남은 능력치가 1,000을 넘기는 것도 무리는 아니었다.

2차 히든 전직 직업인 세계혁명가가 되고나서 255 제한도 풀리긴 했지만, 그래도 나는 지금 이 순간까지 능력치 배분을 하지 않은 채 남겨뒀었다.

왜? 당연히 [즐거운 회식] 때문이었다. [즐거운 회식]으로 비토리아나의 고유 특성인 [미모가 힘이다]를 공유하면 엄청난 일이 벌어지기 때문이다.

[미모가 힘이다(Beauty—Power)]: 매력과 위엄 능력치로부터 뷰티 포인트를 얻을 수 있다. 특정 스킬이나 아이템 등으로 더 아름다워지거나 위엄 있게 보인다면 추가로 뷰티 포인트를 얻을 수 있다. 이렇게 얻은 뷰티 포인트는 근력, 마력, 내공, 마기, 신성에 배분하거나 스킬 포인트 대신 소모할 수 있다.

그런데 이걸로 끝이 아니고, 케이와 테스카는 날 위해 [나 혼자 두 배] 특성의 소유자까지 찾아다 이 자리에 앉혀뒀다. 그럼 무슨 일이 일어날까?

기대를 숨기지 않은 채, 나는 미배분 능력치를 매력 능력치에다 쭈욱 쏟아부었다.

매력: 255→ 999

그러자 744의 매력이 오르면서, 14,880의 뷰티 포인트가 생성되는 게 아닌가? 원래대로라면 매력 능력치 1을 올릴 때마다 10씩 뷰티 포인트가 생성되어야 하지만, 지금은 무려 20이나 생겼다. 이건 당연히 [나 혼자 두 배] 특성을 공유받은 덕택이다.

"다음은 위엄, 너로 정했다!"

위엄: 255→ 999

위엄 능력치의 교환 비율은 매력의 절반에 불과하지만, 이것도 당연히 두 배가 되어 1당 10씩!

이렇게 해서 스킬 포인트 대신 사용할 수 있는 뷰티 포인트가 14,880+7,440—22,320! 스킬 포인트로 환산하면 초월 권능을 두 개나 만들 수 있는, 진짜 말도 안 되는 뷰티 포인트가 모인 셈이다!

이걸 내가 직접 계산해야 되는 이유가 있었다.

뷰티 포인트: 9,999+

뷰티 포인트마저 상한을 넘겨 버렸기 때문이다. 뷰티 포인트가 표시 한계를 넘어간 건 이번에 처음 본다.

"와하하, 진짜 말도 안 돼……."

나는 어이가 없어서 웃었다.

문제는 이게 전부가 아니란 거였다.

나는 인류연맹으로부터 그동안 받은 훈장을 주렁주렁 차고, 바로 오늘 이날을 위해 교단에서 사온 진은제 장신구를 주렁주렁 차고, 그 외의 매력과 위엄을 올리는 장비도 찼다. 여기에 오늘을 위해 S랭크를 뚫어둔 매력 올리는 스킬과 위엄 올리는 스킬까지 걸었다.

그럴 때마다 뷰티 포인트가 평소 두 배씩 꼬박꼬박 올랐다. 아……. 너무 흥분해서 제대로 계산이 안 되는데 대충 암산만 해봐도 3만은 넘어갔다.

"이거, 당분간 스킬 포인트 고민은 안 해도 되겠네?"

스킬 포인트가 아니라 뷰티 포인트지만, 나는 이걸 다른 용도로 쓸 마음이 없었다. 그렇게 혼자 히죽히죽 웃으며 좋아하고 있으려니, 주변이 조용해진 게 신경 쓰였다.

아차, 혼잣말을 너무 많이 한 건가? 나는 주위 눈치를 보았다. 그러나 주위 사람들이 날 보는 시선은 이상한 사람을 보는 시선이 아니었다.

"서방님, 너무 아름다워요!"

가장 먼저 입을 연 건 비토리야나였다. 그녀에게 걸려 있던 [유혹의 권능]은 풀어놨을 텐데도, 나를 보는 그녀의 눈에선 황홀함이 흘러나오고 있었다. 늘 그랬나? 그렇다면 평소 두 배였다.

"그렇습니다! 아름답습니다!!"

"아름답고 위엄 넘치시나이다!"

"신이시여, 이 미천한 자의 눈이 멀 것 같나이다!!"

그리고 주위에서 제방이라도 터진 듯 찬사가 몰려 나오기 시작했다.

어…….

이거 생각보다 부끄럽다!

"로드, 멋있어요!"

"저보다 예뻐지시면 어떻게 해요, 선배!"

키르드, 안젤라! 너희마저!

내가 원인을 알 수 없는 치욕에 부들부들 떨고 있으려니, 내 내심을 아는지 모르는지 케이와 테스카가 떠들어댔다.

"후, 훌륭합니다. 이진혁 님. 신의 아름다움과 위엄은 신앙과 직결되는 법!"

"이 모습을 모든 신도들에게 보여야 해요! 당장 이진혁 월드 투어의 계획을 잡겠습니다!!"

그래, 신앙이 더 늘어난단 말이지…….

그렇다면 어쩔 수 없지.

나는 눈을 꾹 감고 이 모든 치욕과 번뇌를 감내하기로 했다.

　　　　　　*　　　　　　*　　　　　　*

당연한 이야기지만, [즐거운 회식]으로 공유된 긍정적인 효과들은 앞서 말한 세 가지가 전부이지는 않았다. 케이와 테스카는 정말 이날을 오래 기다려 온 듯 철저하게 준비해 왔다.

아까 내가 가장 인상적인 베스트 3을 꼽았지만, 가장 효과적인 베스트 3을 꼽자면 앞서 말한 특성들과 하나도 겹치지 않았다.

대표적으로 완전히 대조적이지만 효과적인 두 특성인 [보기 좋은 케이크가 먹기도 좋다]와 [악식 전문가]를 들 수 있었다. 각각 잘 꾸며진 요리일수록 요리 효과가 증폭되는 특성과 혐오스러운 재료나 외견의 요리일수록 요리 효과가 증폭되는 특성이다.

이런 특성들이 다른 특성들과 시너지를 이뤄 엄청난 효율을 뽑아낸 결과가 시스템 메시지창에 떠 있었다.

"이거야 원, 더 이상 참을 수가 없군."

짜장면을 두고 에피타이저란 말을 하기엔 좀 뭐하지만, 실제로 인류연맹제 배달 음식은 에피타이저 역할밖에 하지 못했다.

메인 디시는 따로 있다. 요리사 만렙을 찍고 [요리의 대가] 스킬을 얻은, 이 이진혁이 직접 만든 메인 디시가!

인류연맹으로부터 제공받은 5성급 [제대로 도축된 새끼 헬리펀트]를 한 번 땅에 파묻어 [축복받은 제대도 도축된 새끼 헬리펀트]로 업그레이드시킨 후에 각 부위를 해체해서 모든 부위를 가장 적절한 방법으로 조리한 후 다시 합쳐 돼지 모양으로 빚어 만들어낸 회식용 특별 요리, 5성급 [특상 새끼 헬리펀트 한 마리]!

새끼라곤 해도 한때 황무지를 홀로 지배한 필드 보스였던 지옥 멧돼지, 헬리펀트의 거대함이 어디 가지는 않는다. 어지간한 황소 한 마리만 한 거대한 요리를 테이블 위에 쿵 하고 올리자마자, 내 스킬 [오병이어]에 의해 모든 회식 참석자들의 앞에 똑같은 요리가 쿵, 쿵, 쿵 하고 연속적으로 올려졌다.

"헉!"

"시, 신의 축복!"

"감사합니다!!"

설원 엘프나 세이렌 같은 애들은 기겁하며 놀랐지만, 오크는 그 혈통이 어디 가진 않아 즉시 감사 인사를 하는 반응의 차이가 재미있었다.

더욱이 오크들은 브뤼스만의 끄나풀이 풀어놓았던 지옥 멧돼지의 먹잇감으로 전락한 적도 있는 탓인지, 요리의 정체를 알게 되자마자 전투적으로 식기를 집어 들었다.

먹겠다는데 말릴 순 없지. 아니, 먹으라고 준 요리다! 그럼

에도 불구하고 내 눈치를 보는 이들을 위해, 난 큰 목소리로
외쳤다.

"자, 먹어라!"

…아무리 그래도 '이것이 내 살이니.' 같은 말까지 따라 하
면 안 되겠지?

Chapter 5

　다른 이들에게 먹으라고 말한 직후에는 나 또한 내 몫의 요
리에 즉시 달려들었다. 당연히 그래야 했다. [특상 새끼 헬리펀
트 한 마리]란 요리는 먹는 이의 먹는 속도가 빠를수록 더 맛
있게 먹을 수 있으니까.

　외견에 신경을 쓴 나머지 맛있는 온도가 각기 다른 요리들
을 합쳐 놓았으니, 서로 다른 부위들이 적절한 온도에서 벗어
나기 전에 해치워야 맛이 떨어지지 않는다.

　내가 내 요리를 칭찬하는 건 참 민망한 일이나, 앞서 말한
요리의 태생적 단점에도 불구하고 훌륭하게 맛있었다.

내 솜씨 능력치가 높아 각기 따로 조리된 부위들을 순식간에 합쳐 그대로 인벤토리에 넣은 탓에 온도가 거의 소실되지 않았고, 각 부위 요리를 신경 써서 조합한 덕에 걱정했던 것보다 온도 변화가 적은 덕도 있었다.

그러나 무엇보다, 오랜만에 맛보는 7성급 요리인 것이 가장 컸다.

아무리 내가 요리사 레벨을 만렙까지 찍었더라도 내 손만으로 7성급을 만들어낼 순 없다. [별 하나 더]가 [나 혼자 두 배]를 받아 5성급 요리가 7성급으로 [한계돌파]한 결과물이었다. 물론 이런 특성들을 조합해 주는 테스카의 [즐거운 회식]의 도움을 잊을 수 없다.

그런데 이걸로 끝이 아니다. 그냥 헬리펀트 한 마리가 쾅 떨어지는 임팩트 하나만 보고 만들었던 요리의 형태가 [보기 좋은 케이크가 먹기도 좋다] 특성으로 [대단함] 판정을 받아 요리 효과가 3배로 뻥 터져 버린 게 나를 환희에 젖게 만들었다.

맛도 더 좋아지고 따라서 얻는 경험치도 더 늘었지만, 무엇보다 요리를 만든 사람 입장에서 큰 보람이 아닐 수 없었다.

받을 수 있는 보정은 이게 전부가 아니다. [육식동물]의 효과를 얻어 고기 요리에 추가 보너스! [불을 다루는 자]의 효과를 얻어 불로 구운 요리에 추가 보너스! 그리고 또 이것저것

보너스! 거기에 또 이런저런 보너스!!

자, 어떠냐! 아무리 세계혁명가의 레벨 업에 필요 경험치가 높다고 하더라도 이 요리에는 버틸 수 있을 리가 없지!!

나는, 한다! 레벨 업!

—레벨 업!

"캬!"

예상대로야!

그렇게 내가 간만의 레벨 업에 환희에 차오르고 있으려니, 주변에서 웅성거림이 커졌다.

"오오, 한 번에 다섯 레벨이나 오르다니!"

"그것도 한계를 초월해서! 이것이 신의 축복!"

"신이시여, 감사합니다!!"

저들도 레벨 업을 한 모양이었다. 그것도 단번에 5레벨?

아니, 어디 일반 직업과 히든 2차 전직 직업을 같은 반열에 놓을쏘냐. 나는 나의 신자들을 상대로 솟아오르는 질시의 감정을 억누르며 스스로를 달랬다.

"큭……!"

…안 달래진다.

"이걸로 끝이라고 생각지 마라!!"

나는 즉시 다음 요리를 내놓기로 했다.

인류연맹으로부터 제공받은 5성급 [제대로 도축된 블랙 앵거스]를 한 번 땅에 파묻어 5성급 [축복받은 제대도 도축된 블랙 앵거스]로 업그레이드시킨 후에 각 부위를 가장 걸맞은 조리법으로 조리해 한 상 차려놓은 5성급 [흑우전석]!

상다리 부러지도록 요리들을 쌓아 올리던 그 [만한전석]을 참고로 해 소 한 마리를 요리로 사용한, 일종의 마이너 체인지 요리다.

내가 만든 거지만 정말 훌륭한 요리다. 질도 그렇고 맛도 그렇지만, 무엇보다 마음에 드는 건 양이다. 쇠고기 요리를 상다리 부러지도록 식탁 위에 쌓아놓은 걸 보기만 해도 배가 부를 정도다. 사실 이미 배는 부르지만 아무튼, 저걸 완식하면 나도 다음 레벨에 오를 수 있겠지?

하지만 다른 이들의 생각은 다른 모양이었다.

"헉! 신이시여, 저희는 이미 배가 빵빵합니다!"

"여기서 그런 걸 먹으면 배가 터져 버리고 말 겁니다!"

음, 확실히 물리적으로는 그럴 거다. 이미 짜장면에 이어 헬리펀트 한 마리를 위장 안에 밀어 넣었는데, 소 한 마리가 다 들어갈 자리가 남아 있을 리가 없었다.

그러나 이 자리에서 물리법칙을 논할 필요는 없다. 어차피 내 [한계돌파]가 있는 한 저들에게도 위장 [한계돌파]가 적용될 거다.

요는 배가 터질 일은 없다. 이론상 이 모든 요리가 무제한
적으로 들어갈 것이다. 왜 이론상이냐면, 위장의 한계는 돌파
할지 몰라도 소화능력은 개개인의 능력차가 있기 때문이다.

하지만 그건 나중에 생각하자.

"너희가 믿는 내가 말하노니 들으라. 너희의 위장에 한계는
없다. 먹어라. 그리하면 너희에게 축복이 내릴 것이니."

나는 그냥 질러 버렸다. 틀린 말을 한 건 아니다. [즐거운 회
식]으로 어우러진 다양한 특성의 축복이 내리긴 할 테니까.

그런데 여기에 모인 이들은 하나도 빠짐없이 내게 깊은 신
심을 품은 이들이라는 것을 나는 간과해서는 안 됐다.

"신이시여! 오오, 신이시여!!"

"먹겠나이다! 위장에 한계가 없음을 믿나이다!"

"이 천한 자의 어리석음을 부디 용서하소서!"

신도들은 눈물을 흘리며 자신의 불신을 반성하고 자신의
신앙을 간증하고자 소리치며 먹기 시작했다. 평소라면 조금
부담스러웠을 간증이었으나, 나중에 떠올리자면 이때의 나도
조금은 제정신이 아니었다.

"좋다. 오늘 이 자리에서 끝을 보자!!"

갑작스럽게 이뤄진 신앙 간증의 폭풍과 함께 식(食)의 폭풍
또한 몰아치기 시작했다!

*　　　　*　　　　*

　광란의 회식을 마치고 나자, 자리에 멀쩡히 일어날 수 있는
사람이라곤 나 혼자뿐이었다. 위장 가득히 음식을 밀어 넣은
것도 밀어 넣은 거지만, 함께 마신 술 때문에 취한 탓도 있으
리라.

　"후……."

　이대로 내가 자리를 뜨면 [한계돌파]가 해제되면서 다들 죽
어버릴 수도 있었다. 먹다가 죽다니 안 될 말이지.

　나는 스킬 [이진혁]을 발동해 생명 속성의 힘을 자리에 있
는 모두에게 나눠주었다. 그러자 모두의 [과식] 상태이상과 [만
취] 상태이상이 완화되면서 괴로워보이던 이들의 표정이 한결
편안해졌다.

　"오, 오오……."

　"시, 신이시여……."

　"그런 건 이제 됐으니까 쉬고 있어."

　상태이상이야 해제됐다지만 아직도 위장에는 음식물이 남
아 있는 상태다. 소화시켜야지.

　"저 위가 내 방이랬지? 구경 좀 하자."

　"네, 예……. 제, 제가 안내하겠습니다……."

테스카가 다 죽어가는 목소리로 제안했지만, 난 거절했다.

"아직도 먹을 배가 있다면 요리 하나를 더 꺼낼까 하는데, 어때?"

"자비를……"

결국 테스카는 일어나지 못했다. 참 가슴 아픈 일이다. 그래서 나는 홀로 내 집무실로 마련된 이진혁 월드타워의 최상층으로 향했다.

"……"

그리고 문을 열고 들어서자마자, 나는 할 말을 잃었다.

일단, 바닥재가 전부 황금이었다. 이것들은 자제라는 단어를 모르는지, 내가 걸음을 옮길 때마다 발자국이 생기며 푹푹 가라앉았다. 쿠션 같은 게 있는 게 아니라 바닥 자재가 순금이라서, 물러서 이런 거다. 당연히 발자국은 새겨진 채 그대로 남았다.

바깥에서 은은한 빛이 흘러들어 오며 그 황금 바닥이 반짝반짝 빛나고 있었는데, 그 빛이 흘러들어 오고 있는 창이란게 스테인글라스였다. 옛날에 교회 같은 데서 볼 수 있는 그 색유리 장식 맞다.

문제는 그 재료가 색유리가 아니라 루비, 에메랄드, 사파이어 같은 보석으로 만들었다는 점이었다. 잘못 본 줄 알고 만져보니 진짜로 보석들이었다. 적어도 시스템 판정상으로는 그랬다. 나도 광부 레벨 좀 올렸으니 보기만 해도 충분히 알아볼 수는 있었지만, 알아보기 싫었다.

아무튼 그 스테인글라스로 그림을 그려냈는데, 내가 드워프들에게 물을 나눠주는 장면, 지옥 멧돼지를 쓰러뜨리는 장면, 엘프들에게 짜장면을 주는 장면 등이 그려져 있었다.

다른 건 둘째 치고 왜 이렇게 짜장면이 중요한 필수 요소가 된 거지? 이게 다 내 탓인 건가? 아니, 그럴 리 없다. 나는 현실 부정을 하며 위를 올려다보았다.

그러자 다이아몬드로 만들어진 샹들리에가 보였다.

"작작해라!"

나는 나도 모르게 그렇게 내뱉고 말았다.

다행히 의자만큼은 어느 정도 실용성이 있어 보였다. 아래층의 옥좌와 비슷하게 화려하긴 했지만, 적어도 엉덩이와 등이 닿는 부분은 푹신하기라도 하니 말이다.

집무용 책상이 크리스탈을 통째로 깎아놓은 게 아니었다면 더 좋았겠지만, 반대로 생각하자. 크리스탈로 참은 게 다행이다.

"후……."

혼자서 좀 쉬려고 찾아온 방인데, 영 그럴 용도가 아닌 방이라 오히려 불편했다. 익숙해지면 불편함도 희석되겠지만, 솔직히 말해 익숙해지기 싫었다.

한숨을 한 번 길게 뽑은 후, 나는 인벤토리에서 [축복받은 레벨 업 쿠폰]을 꺼냈다.

"레벨이… 올랐지."

그랑란트에 도착한 시점에서의 내 세계혁명가 레벨은 22레벨이었다. 하지만 광란의 회식 덕에 무려 2레벨이 올라 24레벨. 경험치 바는 80% 정도 채워져 있다.

"22레벨 때 찢었을 때 10%가 올랐지."

긴장되는 순간이다. 나는 떨리는 가슴을 가라앉히고, 조심스럽게 쿠폰을 쥔 손에 힘을 주어 찢어보았다.

그 후, 나는 홀로 희열에 잠겼다.

"좋아, 10% 올랐군!"

레벨 업을 해 필요 경험치가 상승했음에도 불구하고 쿠폰으로 얻은 경험치는 여전히 딱 10%였다. 즉, 이 쿠폰으론 0.1레벨을 올릴 수 있는 게 확실해졌다.

내친김이다. 나는 곧장 쿠폰을 한 장 더 찢었다. 그러자 오늘 회식으로 이미 24까지 올라 있었던 세계혁명가의 직업 레벨이 25레벨에 도달했고, 드디어 나는 새로운 직업 스킬을 손에 넣었다.

[세계를 혁명하는 자][패시브]

—등급: 세계 정상(World Top)

―숙련도: F랭크

―효과: 혁명력 사용의 효율을 높여준다.

"오오!"

나는 탄성을 질렀다. 물론 놀라서 지르는 게 아니다. 아니, 어떤 의미에서는 놀라서 지르는 게 맞긴 하지만. 딱 내 예상대로여서 말이다.

기존의 [세계를 혁명하는 힘]은 지나치게 효율이 낮았다. 시간을 0.1초 멈추는 데 혁명력이 1이나 드니 말이다.

랭크를 더 올리면 효율이 올라가긴 하겠지만, 그래도 나는 일부러 수련을 멈춰 놨다. 수련에 드는 소모 자원이 아까워서 그런 것도 있지만, 앞으로 효율을 더 올려주는 스킬이 나올 거 같아서였다.

그리고 나는 정답을 맞혔다. 직감의 도움을 빌리지 않고서 말이다. 뭐, 절반 이상은 찍은 거나 다름없지만 어쨌든 맞힌 건 맞힌 거다.

[세계를 혁명하는 자]는 [세계를 혁명하는 힘]을 사용함으로써 수련치를 올리는 구조로 되어 있다. 즉, 스킬을 미리 뚫음으로써 수련에 드는 혁명력을 절반으로 낮춘 거나 다름없었다.

아니, 그 이상이지. 효율도 함께 올라 더 적은 혁명력을 써서 수련을 할 수 있을 테니까.

동시에 나는 이렇게 생각했다.

"…이거 아무래도 쿠폰 아낄 생각 말고 스킬부터 따놓는 게 낫겠는데?"

[축복받은 레벨 업 쿠폰]은 당연히 20레벨대보다는 30레벨대, 30레벨대보다는 40레벨대에 쓰는 게 더 효율적이다. 똑같이 10%씩 올려준다면 당연히 그렇다.

그럼에도 불구하고 내가 25레벨을 찍는 걸 우선시한 건 딱 두 장만 찢어도 레벨 업을 할 수 있기 때문이기도 했지만 스킬을 먼저 뚫는 게 더 나을 것 같다는 생각 때문이기도 했다.

하지만 그렇다고 여기에서 쿠폰만 잔뜩 찢어 30레벨을 찍을 생각은 없었다. 효율을 도외시하면서 쓸 수 있는 수단이 쿠폰만인 건 아니다.

음식, 요리, 회식. 이렇게 좋은 경험치 수급 수단이 있는데, 이걸로 올릴 수 있는 경험치는 다 올려놓고 쿠폰을 찢는 게 훨씬 더 효율적이다. 지금 당장 [세계를 혁명하는 힘]을 수련할 것도 아니니 더욱 그렇다.

게다가 내게는 지금 당장 먹어야 할 이유도 따로 있었다.

"어차피 다음 달 되면 또 요리 재료가 배송되어 올 텐데, 아낄 이유가 없지."

인류연맹의 특급 재료 공급사들의 지분을 5성급 요리 재료로 환산해 받아먹을 수 있는 나다. 그냥 방치하면 요리 재료로만 인벤토리가 넘쳐 버릴 것이다.

아무리 인벤토리에 들어간 시점에서 식자재의 질은 떨어지지 않는다지만, 너무 오래된 요리 재료로 만든 요리는 기분상 좀 그랬다. 그리고 요리에 있어서 '기분'은 꽤 중요한 요소다.

그러니 음식 재료가 너무 오래 되기 전에 바로바로 뭐라도 만들어 먹는 게 낫다.

"잠깐만 쉬고 바로 애들 불러서 다시 회식해야겠다."

나는 회식을 사랑하는 못된 회사 상사의 심정으로 그렇게 중얼거렸다.

*　　　　*　　　　*

아무리 나라도 인간성을 완전히 버리고만 괴물이 된 건 아니었다.

오로지 내 이득만을 위해서 내 신도들의 배를 터뜨려 죽일 생각은 없었다. 불과 몇 분 전에 멧돼지 한 마리와 소 한 마리를 먹이긴 했지만 그건 충분히 감당 가능한 양이기에 줬을 뿐이다. 진짜다. 물론 스킬 [이진혁]의 효과도 계산에 넣긴 했지만 말이다.

내 신도들에게도 먹은 음식을 소화시키고 얻은 것들을 정리할 시간이 필요할 터였다. 나보다도 레벨 업을 많이 했을 테니, 정리할 것도 더 많을 터였다. 젠장!

아무튼.

그러므로 시간을 약간이라도 더 죽일 필요가 있었다. 최소한 세 시간… 아니지. 두 시간 정도면 충분하겠지. …한 시간 후에 내려가자.

"아, 그렇지."

나는 그동안 시간을 때울 적당한 심심풀이 거리를 찾아냈다. 사실 심심풀이라 할 정도로 가벼운 안건은 아니었지만.

나는 스킬창을 열었다.

[시대정신의 씨앗]
─등급: 세계 상위(World Elite)
─숙련도: F랭크
─설명: 혁명력 1을 소모한다. [시대정신의 씨앗]을 하나 생성한다.

생각해 보면 내가 이 스킬을 쓴 것도 딱 한 번뿐이다. 따라서 랭크를 올릴 기회도 한 번뿐이었고. 다행히 다음 랭크로 올라가기 위해 요구하는 수련치는 씨앗 생성 한 번으로, 혁명력 소모가 많지 않아 다행이었다.

혁명력이 부족하진 않지만, 워낙 얻기가 힘든 자원이다 보니 나도 모르게 아끼게 된다. 적어도 스킬 수련치만 올리겠다고 마구 낭비할 수 있는 자원은 아니다. 적어도 혁명을 한 번 선언해서 혁명력의 수급 기회를 늘린 후에나 수련을 할 생각을 하게 될 것 같다.

어쨌든 그랑란트에 왔으니 이 [시대정신의 씨앗]을 발아시키고 개화시키면 그것만으로도 상당량의 혁명력을 얻을 수 있을 테지. 나는 즉시 스킬을 사용했다.

"[시대정신의 씨앗]!"

─[주의!] 목표 세계는 현재 황금기입니다. 목표 세계와 세계의 구성원들은 현 체제를 매우 만족스럽게 받아들이고 있으며, 따라서 혁명을 원하지 않습니다. 이런 상태에서는 [시대정신의 씨앗]의 발아가 매우 늦거나, 발아하지 않을 수도 있습니다.

─정말로 [시대정신의 씨앗]을 생성하시겠습니까?

"큿, 철회한다!"

나는 스킬의 힘을 거두었다. 다행히 혁명력은 소모되지 않은 상태다.

"음……. 역시 그랬군."

사실 이 사태를 아예 예견하지 못한 건 아니다. 혁명을 원하지 않는 세계에 세계혁명가의 스킬을 써서 억지로 혁명을 일으킬 수 있는가에 대해선 이미 고민해 본 적이 있으니까. 그리고 그런 세계에 강제로 혁명을 일으키는 건 과연 옳은 일인가에 대해서도 말이다.

하지만 그 고민은 혁명을 원하지 않는 세계에는 세계혁명가 스킬이 통하지 않는다는 결론이 남으로써 끝났다.

"쓸데없는 고민이었군."

혁명력을 벌 구석이 하나 사라진 것임에도, 나는 어째선지 어깨의 짐을 던 것 같은 홀가분한 기분이 되었다. 동시에 어깨가 좀 으쓱해지기까지 했다.

"내가 권속 하나……. 아니지. 둘은 잘 뒀어."

그랑란트는 내 마음속에서 제2의 고향이나 다름없는 위치를 차지했다. 직접 머무른 시간은 튜토리얼 세계가 더 길지만, 내 인생에 있어서 대부분이라 해도 될 정도의 시간을 보냈지만 거길 고향으로 삼기엔 아무래도 정서적인 저항감이 있었다. 차라리 지구가 좀 더 낫지.

그런 의미에서 잘 생각해 보니 그랑란트가 제1의 고향이라고 해도 별로 과언이랄 것도 없을 것 같다. 좌우지간 그런 세계가 황금기라는 소릴 듣고 기분이 좋으면 좋았지 나쁠 리는 없다.

더욱이 내가 임명한 권속들이 세계를 제대로 이끌어 왔음을 시스템이 인증해 준 것이나 마찬가지니 뿌듯하기도 했고.

"그럼 다음."

나는 빠르게 다음 안건으로 넘어갔다.

사실 나는 블루 마블에서 [세계의 힘 파편]을 전부 소진하고 온 것은 아니었다. 억지로 소진하고 올 수도 있었지만, 그럼에도 딱 파편 100개를 남긴 것에는 이유가 있었다.

"그랑란트에서 사고 싶은 월드 스킬이 하나 있거든."

블루 마블에도 같은 스킬을 취급했다면 당연히 그냥 블루 마블에서 샀겠지만, 아쉽게도 그렇지는 않았다. 그러니 파편을 남겨 그랑란트로 돌아오는 수밖에 없었다.

그 스킬의 가격은 파편 100개. 기록이 아닌 단순한 기억에 의존한 판단이기는 했지만, 아마 맞을 것이다.

"아니면 곤란한데."

뭐, 세계 퀘스트라도 해서 더 벌거나 해야겠지. 그런 생각을 하며, 나는 상태창의 세계 탭을 열었다. 다행히 더 노가다를 뛰어야 된다든가 하는 일은 없었다. 내 기억에 딱 맞게, 그 스킬의 가격은 파편 100개가 맞았기 때문이다.

[불의 힘(Force of Fire)]

—등급: 세계 상위(World Elite)

—숙련도: 연습 랭크

—효과: 불의 힘을 다룰 수 있다.

"좋아. 기억 그대로군."

내가 벼르고 벼르던 그 스킬이 맞다. 확인을 마친 나는 곧장 월드 스킬을 구매했다. 이걸로 남은 파편의 숫자가 0개로 똑 떨어졌다. 이렇게 되면 랭크를 올릴 파편이 없지만, 그건 걱정할 필요가 없다.

—동일 계열 스킬을 3개 이상 소유하고 있습니다.

—[불의 힘], [요리의 대가], [이진혁]

—동일 계열 스킬은 서로 융합시킬 수 있습니다. 융합하시겠습니까?

[주의!] 융합에 사용한 스킬은 다시 얻을 수 없습니다.

어차피 합성하면 랭크가 오르니까.

"응? 그런데 융합이 떴네?"

원래대로라면 [요리의 대가]와 [이진혁]은 서로 합성시킬 수 없는 스킬이다. 공통점이 없으니까. 그래서 난 그냥 [불의 힘]과 [이진혁]이랑 뭔가 다른 스킬을 덧붙여서 융합이든 뭐든 하려던 생각이었다.

그런데 여기서 계산 외의 [요리의 대가]가 나타나 융합이 떴다.

"아마 이건 [불의 힘]이 두 스킬의 접착제가 되어준 덕택이겠지?"

[이진혁]의 범주 안에 불의 마력을 다루는 기능이 붙어 있고, [요리의 대가]에도 불을 이용한 조리 스킬이 붙어 있으니 그렇겠지. 앞뒤는 맞다.

좋아, 그럼 이대로 융합을 진행할 수도 있겠는데…….

"음, 정작 이렇게 되니 뭔가 좀……."

막상 이대로 융합을 진행하려니 걸리는 점이 있었다. 이제까지와는 달리 권능 스킬도 안 섞인 융합인지라 결과물이 애매할 거 같았기 때문이다. 물론 [이진혁]은 우주 유일급 스킬이긴 하지만, 그래도 뭔가 부족했다.

왜냐면…….

"소모되는 스킬 포인트가 너무 적어."

이제까지의 경험으로 미루어볼 때 합성이나 융합, 승화, 초월에 드는 스킬 포인트가 많을수록 결과물이 괜찮았다. 그렇다 보니 지나치게 적은 스킬 포인트가 드는 이번 융합에 불안감이 느껴질 수밖에 없었다.

게다가 방금 전의 회식으로 대량의 뷰티 포인트를 얻었으니 스킬 포인트를 아낄 이유도 별로 없었다.

"뭔가 더 섞어 넣을 수 없을까?"

그런 생각에, 나는 브뤼스만으로부터 강탈한 스킬 쿠폰들을 뒤적거리기 시작했다. 그러다 문득, 나는 어떤 아이디어를 떠올렸다.

"잠깐, 내가 왜 이제까지 이 생각을 못 했지?"

[레벨 업 쿠폰]도 땅에 묻고 [풍요로운 대지의 힘]과 [수확의 신] 콤보로 [축복받은 레벨 업 쿠폰]으로 업그레이드되었다.

그렇다면 스킬 쿠폰이라고 업그레이드되지 말라는 법이 없지 않은가?

이 발상을 떠올린 순간, 나는 온몸에 소름이 돋아 오름을 느꼈다.

"아니야. 오버하지는 말자. 일단 상식적으로 해보자고."

당장 [이진혁]을 쿠폰으로 꺼내 '수확'해 보고 싶은 충동을 참고, 일단 안전한 스킬부터 실험해 보기로 했다. 강화된 스킬을 쿠폰으로 꺼냈을 때 강화치라든가 숙련도 랭크가 증발되지 않으리란 법이 없었기 때문이다.

"분명 브뤼스만에게서 빼앗은 스킬들은 전부 연습 랭크에 강화치도 없었지."

이게 그냥 우연일까? 아닌 것 같은데. 만약 아무 생각 없이 [이진혁]을 티켓으로 꺼냈다가 기껏 붙여놓은 +7 강화에 초월 랭크가 날아가면 그런 참사가 또 따로 없다.

"바로 실험해 봐야겠군."

나는 바로 [기습하는 또 하나의 내] 스킬로 월드 타워 바깥으로 나왔다. 사실상 공간 이동이다 보니 벽 따위는 아무 문제도 되지 않았다.

"앗, 그러고 보니!"

방금 전까지 내가 있던 방은 월드 타워의 최상층이었고, 그렇다 보니 여기 고도가 꽤 높았다. 아래를 보니 구름이 깔려 있었다. 더욱이 월드 타워 아래는 대도시다.

"너무 흥분해서 생각 없이 일을 벌였네."

내가 이 고도에서 떨어진다고 죽지는 않을 테지만, 떨어지는 나한테 맞아 죽을 사람은 있을지도 모른다. 그러므로 나는 인벤토리에서 [축복받은 반격의 봉화] 갑옷을 꺼내 입고 날개를 펴 활강했다. 사람이 보이지 않는, 내가 처음에 착륙했던 초원 쪽으로 가볼 생각이었다.

움직이다 보니 [기습하는 또 하나의 나] 유효 거리를 벗어나버려, 활강하는 쪽의 나를 1번 나로 설정했다. 그러자마자 집무실의 '또 하나의 나'가 사라졌다. 어차피 내 집무실엔 나 혼자뿐이고, 함부로 들어올 사람도 없을 테니 상관없겠지.

대충 인적이 드문 곳에 도착하자마자, 나는 날개를 접어 그 자리에서 추락했다.

쿵!

추락의 충격은 나를 조금도 상하게 하지 못했다. 나는 내가 떨어져 생긴 구덩이에 대고 바로 [풍요로운 대지의 힘]을 사용했다. 그리고 [레벨 업 마스터]를 꺼냈다.

"링링!"

[레벨 업 마스터]의 상점 기능을 맡은 링링이 내 부름에 의해 뽕 하고 화면에 튀어나왔다.

―앗, 국가영웅님! 오랜만에 뵙네요. 잘 지내셨어요?

"인사는 나중에!"

내가 급하게 외치자, 링링은 당황하며 외쳤다.

―그, 급한 상황인가요?! 대체 어떤 상황이길래!

"노멀 스킬 아무거나 줘 봐! 실험해 볼 게 있어!"

내 말에 링링의 표정은 짜게 식어버리고 말았다.

―…아, 그러시군요.

"같은 거 두 개 줘! 강화해 보게!"

―그게 제 인사받는 거보다 급한 건가요?!

"응!"

미안하지만 진짜 그랬다.

나는 링링으로부터 사들인 노멀급 스킬을 바로 강화한 후 쿠폰으로 만들어보았다. 그러자 아나나 다를까 강화치가 날아가 버린 게 아닌가?

"어휴, 다행이다. 역시 돌다리도 두드려 보고 건너야 해."

이런 판단 미스는 설령 [퀵 로드]로 시점을 되돌린다고 하더라도 리셋이 안 된다. 내가 얻은 레벨, 경험치, 상태이상도 리셋이 안 되는데 스킬 상태가 리셋 될 리가 없지 않은가? 그런 의미에서 이번 실험에 들어간 아주 약간의 금화는 손해라 볼 수조차 없었다.

"그럼 다음."

나는 이미 [풍요로운 대지의 힘]을 뿌려놓은 구덩이 속으로 방금 전에 생성한 스킬 쿠폰을 던져 넣고 흙을 뿌려 덮었다. 그리고 잠시 후, [수확의 신]을 사용해 쿠폰을 꺼내보았다. 그 결과는 만족스러웠다.

[축복받은 스킬 쿠폰: 동전 던지기]

"좋아, 제대로 되는군."

스킬 쿠폰도 제대로 '축복받은' 접두어를 받고 수확되었다. 스킬 쿠폰에도 [수확의 신] 스킬 효과가 제대로 작동한다는 증명을 얻었으니, 이제는 쿠폰을 사용해 봐야겠지.

찌익.

망설임 없이 쿠폰을 찢자, 내 스킬창에는 바로 스킬이 들어왔다.

[동전 던지기(Coin Frip)]
—등급: 일반(Common)
—숙련도: 연습 랭크
—효과: 동전을 던진다. 결과로 원하는 면이 나올 확률이 1% 증가한다. 솜씨 능력치가 높으면 추가 확률 보정을 받을 수 있다.
[축복받은] 옵션 효과: 확률 +10%

"음?!"
옵션… 에 붙는다고?! 그렇다면……. 설마……!

—해당 스킬에 스킬 분할을 실행하실 수 있습니다.
—[동전 던지기]
—실행하시겠습니까?
[주의!] 분할에 사용한 스킬은 다시 얻을 수 없습니다.

"되잖아!"
나는 희열에 잠겨 부들부들 떨었다. 숙련도도 연습 랭크인데 이게 되네?
아니, 아직 기뻐하기엔 이르다. 결과를 보고 말하자.

나는 튀어나오려는 환호성을 꾹 눌러 삼키곤, 스킬 분할을
실행했다.

[동전 던지기]

─등급: 일반(Common)

─숙련도: 연습 랭크

─효과: 없음. (합성 전용)

[축복받은]

─등급: 없음

─숙련도: 없음

─효과: 확률 +10%. (합성 전용)

*　　　　*　　　　*

"됐다!"

[축복받은] 옵션도 일단은 옵션인지라, 스킬 분할 대상이 되
며 합성 전용 공 스킬을 뽑아낼 수 있게 됐다! 이걸로 끝이 아
니라, [축복받은] 스킬도 합성 전용 스킬로 분할되었다. 그야말

로 최상의 결과였다.

"후… 후후후! 후흐흐흐, 흐하하하하하!!"

한숨을 내쉴 셈이었는데, 그 한숨은 자동적으로 큰 웃음소리가 되어버리고 말았다. 그야 그렇다. 어찌 기뻐하지 않을 수 있을까? 이로써 앞으로 더 편하게 내가 원하는 대로 스킬 합성 계획을 짤 수 있게 되었다.

나는 [레벨 업 마스터]를 꺼냈다.

"링링!"

―아, 네. 국가영웅님, 또 뭐가 필요하시죠?

"고마워!!"

―…네?

링링은 영문을 모르는 듯했지만, 이유를 일일이 설명해 줄 정도로 시간이 많지는 않았다. 아니, 사실 많았지만 내 마음이 급했다.

바로 [레벨 업 마스터]를 끄고 난 나는 바로 다시 스킬창을 켜 고민을 시작했다.

말할 것도 없이, 이전보다 훨씬 행복한 고민이 될 터였다.

*   *   *

내가 희희낙락 이진혁 월드타워로 돌아오자, 주변은 난리였다.

"이진혁 님! 어디 계십니까! 이진혁 님!!"

"신이시여! 이는 저희가 감당할 수 없는 시련이옵니다!!"

"주여! 저희를 버리지 마소서! 주여!!"

음……. 왠지 말 안 하고 그냥 나온 게 좀 죄책감 느껴지는 상황이다. 하긴 저들 입장에서 생각해 보면 나는 12년이나 자리를 비웠다가 돌아온 셈이니, 분리불안 증세가 약간 심해지고만 것도 어쩔 수 없다고 받아들여야 하나?

"나 왔다."

"오오, 이진혁 님!"

"신이시여!"

"주여! 주여!!"

아니, 역시 이것들 너무 시끄럽다.

"조용히 해."

그러자 소란이 뚝 그쳤다. 말은 잘 듣는군. 다행이다. 나는 소란을 피우던 이들 뒤에서 싱글거리며 웃고 있는 인물에게 말을 걸었다.

"안젤라, 나한테 전화하면 됐잖아?"

"그치만… 재밌었는걸요?"

재밌을 것도 많다. 나는 혀를 끌끌 찼다.

"어쨌든 배들 좀 꺼졌나?"

내가 말하자, 애들의 얼굴에서 핏기가 싹 가셨다. 아무래도 아직 배가 덜 꺼진 모양이다.

아무리 나라도 아직 배부르다는 애들 입에 억지로 고기 쑤셔 넣는 취미는 없다. 아, 불과 몇 시간 전에 새끼 헬리펀트를 먹이고 배부르단 애들 입에 쇠고기를 쑤셔 넣긴 했지만……. 그건 취미가 아니라 필요에 의해 한 일이니까.

아무튼.

"난 집무실에 올라가 있을 테니 배 좀 꺼뜨리고 있도록."

회식은 뒤로 미뤄질지언정 취소되지는 않는다.

이것이 사회생활의 냉혹함이다.

"소화제를! 빨리!!"

"교대로 화장실에 다녀와! 얼른들!!"

"다른 인원들은 소화 잘 되는 체조를 시작한다!!"

내가 돌아서자, 뒤에서 이제까지와는 다른 성격의 소란이 일었다. 음, 좋은 소란이다. 내 기다림을 조금이라도 줄여주려는 저들의 배려가 가슴에 사무친다.

자, 그럼.

저들이 배를 꺼뜨릴 동안 난 합성시킬 스킬이나 고민해 봐야겠다.

*　　　　　*　　　　　*

　　마라 파피야스의 분신들은 이미 이진혁을 궁지로 몰기 위한 공작에 들어갔다.

　　이진혁의 발판이나 다름없는 인류연맹을 멸망시키는 것이 그 첫 수였다.

　　인류연맹은 약소 세력이다. 어지간한 세력 하나만 침략해도 체제가 휘청거릴 터. 그러나 마라 파피야스의 분신들은 안전을 기해 두 개 세력을 움직여 확실하게 인류연맹을 멸망에 몰아넣고자 했다.

　　그 두 개 세력이란 바로 만신전과 도관법인 천계였다.

　　만신전은 교단과의 긴 전쟁 끝에 한때는 패권을 지녔던 것이 허망하게 세력을 잃고 일개 변경 세력이 되어버리고 말았지만, 그래도 여전히 인류연맹쯤은 쉬이 압살할 만한 전력을 갖췄다.

　　더욱이 군대를 일으킬 만한 적절한 명분도 생긴 터였다. 아무리 평화협정을 맺었다지만, 교단과는 적대적인 관계가 되어버린 이상 그 교단과 종전 선언을 하고 우호적인 노선을 타겠다는 인류연맹에게 좋은 감정을 가질 리 만무했다.

　　도관법인 천계는 비교적 중립적이고 온건한 세력이라 여론을 움직이고 전쟁을 일으키는 데 더 많은 수고가 들었다.

그러나 천계에는 다른 세력보다 숨어든 마구니가 더 많았다. 도덕과 규율, 금욕을 중시하는 체제 덕에 오히려 음지에선 마라 파피야스의 뼛가루 유통이 활성화된 덕이었다. 그렇다 보니 숫자로 선동하고 반쯤은 어거지로 군대를 일으키는 것이 불가능하지만은 않았다.

문제는 오히려 다른 곳에서 일어났다. 교단이 끼어든 게 그 원인이었다. 오랫동안 전쟁을 치렀던 상대인 인류연맹에게 이 상하게 우호적이 된 교단은 만신전과 천계의 움직임을 미리 감지하고 외교적으로 막아섰다.

다행히 배후에 마구니 동맹이 끼어 있다는 것은 들키지 않았지만, 교단의 위협에 기껏 투자한 첩보 자원을 놀려야 할 판이 되었으니 곤란하게 되었다.

초유의 사태에, 다시금 마라 파피야스의 분신들이 모였다.

"아니, 예상 범위 안의 일이야."

"이 또한 의미 없는 일은 아니지."

"내정 간섭은 악감정을 불러일으키기에 좋은 이벤트지."

말은 그렇게들 하고 있지만, 그 누구도 표정이 좋지는 않았다. 일종의 정신 승리에 가깝다는 것은 다들 자각하고 있는 탓이다.

"결국 교단에도 첩보 자원을 추가적으로 할당해야겠군."

"쉽지 않은 일이야. 적지 않은 첩보 자원이 들 테지."

"브뤼스만이 붙잡힌 게 이렇게 큰 영향을 미칠 줄이야."

본래대로라면 브뤼스만에게 한마디 하는 것만으로도 교단의 여론을 좌지우지할 수 있을 터였다. 물론 협력자에 불과한 브뤼스만이 마라 파피야스의 명령을 들을지 어떨지는 모르는 일이지만, 적어도 목적이 같은 이상 설득은 가능할 터였으니 그의 추락이 아쉽지 않을 수 없었다.

"시간이 많이 들겠군. 접근 방식을 바꿔보도록 하지."

"접근 방식을? 직접 손을 쓰자는 건가?"

"교단을 움직이느니 그게 나을 수도 있겠어."

"지금 이진혁은 어디에 있지?"

좌중은 침묵에 휩싸였다.

"아무도 모른다는 건가?"

"교단을 떠났다는 게 마지막 보고로군."

이진혁의 현재 위치는 교단과 인류연맹 두 세력의 매스미디어에 노출이 되지 않는 것은 물론이거니와, 해당 비밀 열람 권한을 가진 자가 두 세력을 합쳐 100명도 안 될 정도의 일급비밀로 취급되고 있었다.

그리고 공교롭게도 두 세력에 모두 현재 마구니 동맹의 첩보 라인이 잘려 나간 상태였다.

"인류연맹 쪽의 첩보 자원이 잘려 나간 게 커."

"교단 쪽에도 정보 라인을 새로 깔아야 해."

"새삼 브뤼스만의 부재가 아쉽군."

긴 한숨이 연이어 터져 나왔다.

"하는 수 없지. 인류연맹과 교단에 첩보 자원을 추가로 투입하고 정보를 모으는 것부터 다시 시작해야겠어."

결국 정공법 밖에 답이 없다는 것을 인정하자, 다른 마라 파피야스의 분신들도 고개를 끄덕여 긍정을 표했다.

"찬성하겠다."

"찬동한다."

"그럼 각 세력에는 누구를 책임자로 두지?"

당연하지만 현재 세계의 패권 세력인 교단에의 투입은 대단히 위험하다. 물론 그만큼의 리턴도 있을 테니, 리스크를 감수하고자 하는 자들도 여럿이었다. 반대로 인류연맹 쪽은 리스크도 적지 않은데 리턴도 적으니 가고자 하는 이들이 거의 없었다.

결국 이 안건에만 240시간 이상의 회의를 거쳐야 했으나, 그들은 어떻게든 결론을 냈다.

"인류연맹에서 [마라 파피야스의 뼛가루] 인식이 너무 안 좋아. 다른 수단이 필요해."

힘든 임무를 떠맡은 두 마라 파피야스의 분신 중 하나가 그렇게 의견을 냈다. 인류연맹에서뿐만 아니라 교단에서도 해당 아이템은 중독성이 강한 향정신성 마약보다도 안 좋은 취급을 받고 있었다.

"그 부분은 곧 지원하도록 하지."

"술이나 담배 형식이 좋겠어. 그쪽은 그래도 인식이 나쁘지 않더군."

"좋은 의견이야."

그에 비해 다음 안건은 순식간에 결론이 났으니, 그들로서도 다행한 일이었다.

*   *   *

만신전과 천계의 동향이 심상치 않다는 소식은 곧 인류연맹에도 전해졌다.

교단과의 종전 선언과 우호 모드로 인해 다소 들떠 있던 인류연맹의 수뇌부로서도 가볍게 받아들일 수 없는 소식이었다.

두 세력 중 어느 한쪽도 인류연맹이 단독으로 상대하기 버거운 세력들이었으니, 곧장 대책을 강구해야 했다.

다행히 교단이 끼어들어 중재해 준 덕택에 당장의 위기는 극복했지만, 언제까지고 외세의 도움을 받을 수만은 없음을 인류연맹 측도 잘 알고 있었다.

"결국 이진혁 님밖에 없습니다!"

언제는 이진혁을 견제하기 위해 이진혁 책임론을 들먹이던 중진 의원이 손바닥을 뒤집어 그렇게 외치는 꼴이 적잖이 보기 좋지 않았으나 그 누구도 그 의견에 반대하지는 않았다.

"맞습니다. 지금이라도 당장 이진혁 님을 인류연맹으로 불러들이는 것이 가장 좋은 전쟁 방지책입니다."

"곧장 차원문을 열어 이진혁 님을 소환…… 아니지. 초대해야 합니다."

어느새 인류연맹 수뇌부에게 있어 이진혁은 만병통치약 비슷한 걸로 받아들여지고 있었다. 그럴 만도 한 것이, 이진혁이 그간 쌓아온 전공이 워낙 대단한 탓이었다.

세계의 패권을 차지한 세력인 교단과 마찰을 빚으면서도 살아남은 걸로 끝낸 게 아니라, 막후의 지배자인 브뤼스만 라이언폴드의 모략을 깨고 크루세이더들을 회유해 교단에 혁명을 일으켜 인류연맹과의 종전까지 끌어낸 희대의 명장이다.

이걸로 끝이 아니다. 이진혁 혼자 움직여 만마전을 무너뜨렸다. 만마전이 어떤 세력인가? 아무리 최근 들어 교단에 한 수 처졌다고는 하나, 전통적인 강자 아니던가? 군사적인 면모로 봐도 말도 안 되는 전공을 세운 셈이다.

설령 만신전과 천계, 두 세력이 동시에 처들어온다 하더라도 뭔가 불가사의한 능력을 발휘해 전부 해결해 줄 거라는 비이성적이기까지 한 믿음이 인류연맹 수뇌부를 지배하고 있었다.

"이진혁 님께서 다 해결해 주실 거야!"

"이진혁 님을 믿어! 우릴 믿지 말고 이진혁 님을 믿어!!"

그렇게 분위기가 미쳐 돌아가기 시작할 무렵, 그래도 아직 제정신을 챙기고 있는 사람이 나섰다.

"아니, 여러분! 이진혁 님께만 의지하는 게 과연 옳은 일일 까요?"

안경을 쓴, 머리 좋아 보이는 젊은 의원이었다.

"언제까지 영웅님을 번잡스럽게 할 겁니까? 우리 인류연맹 도 스스로를 지킬 힘을 쌓아야 합니다!"

비록 젊다 못해 여기선 애송이 소릴 들어 마땅한 초선의원 의 말이었으나, 그의 말이 맞는 말이기에 설득력을 지닌 것 또 한 사실이었다.

"지금까지의 모병제로는 안 됩니다! 병사를 징집하고 무장 시켜야 합니다!"

그러나 이어진 말은 한심하기 그지없었다. 더군다나 인류연 맹의 수뇌부 회의는 초선의원이 그냥 떠들게 놔둘 정도로 어 수룩한 곳이 아니었다.

"너는 무슨 혼자 20세기 지구에서 왔냐? 징병제 소리나 하 게?"

"저거 어느 정당 소속이야? 그런 짓을 했다간 표 다 떨어져 나가는 거 모르나?"

다른 중진 의원들의 폭언에 젊은 의원의 얼굴이 시뻘겋게
변했다.

"가, 같은 의원 아닙니까! 반말은 삼가주십시오!"

그 말에 좌중이 조용해진 것도 잠시, 몇 초도 지나지 않아
다른 의원들이 웃음을 터뜨렸다. 웃음소리가 점점 커지자, 회
의 주재자가 기계처럼 말했다.

"정숙. 정숙해 주십시오."

그러나 주재자의 얼굴도 빨개진 게, 간신히 웃음을 참고 있
는 것이 보였다.

"아, 네. 의원님. 원하시는 대로 높임말로 말씀드리자면요,
일반 시민을 징병한 징집병 백만 명으로 에이스 하나 감당
못하는 게 지금 시대의 현실이에요. 그런데 병사를 징집하자
고……. 푸훗."

상대해 준답시고 입을 열었던 의원도 더 참지 못하고 웃음
을 터뜨려 버리자, 젊은 의원은 울먹거리다가 그만 자리에 앉
아버렸다.

"뭐, 그래도 틀린 발언은 아닙니다. 아, 물론 징집 운운하는
거 말고요. 그 전에 말씀하셨던 거. 우리도 국방력을 좀 올릴
필요가 있습니다."

다른 여성 의원이 그렇게 말문을 열었다. 조금 전에 실언한
젊은 의원과 같은 파벌의 의원이었다.

"그 의견에 대해서는 반론의 여지가 없소. 하지만 그 방법에 대해 논해야 되지 않겠소?"

다른 사람들은 다 웃고 있었음에도 아까부터 엄숙한 표정을 무너뜨리지 않은 채 있던 중진 의원이 그렇게 물었다. 그 또한 젊은 의원과 같은 파벌이었다.

Chapter 6

"우리도 이제 교단과의 교역을 텄으니, 진은을 수입해 오는 것도 생각해 봐야겠죠."

중진 의원의 질문에 여성 의원이 이렇게 대답했다. 그러나 반론은 금방 나왔다.

"아무리 교단과의 무드가 좋다지만, 그래도 빠른 시일 내에 해결될 수 있는 일은 아닐 겁니다. 진은은 교단에 있어서도 중요한 전략 물자고, 쉽게 거래해 올 수 있을 거라고는 생각하기 힘드니까요."

"그렇다면?"

여성 의원도 딱히 뾰쪽한 수가 있어서 발언한 건 아니었다. 그저 공격의 방향을 돌리기 위해서 진은 이야기를 꺼낸 거였고, 그 전술은 유효해 그녀가 되물을 수 있는 입장이 되었다.

반론한 의원도 젊은 축인 2선 의원으로, 힘들게 잡은 발언권을 잘 살리고자 미리 생각해 놨던 답을 털어놓았다.

"교단과 험악한 관계가 되었을 때 급히 진행했던 계획이 있잖습니까? 그걸 다시 가동해 보는 것은 어떻습니까?"

"안 돼. 그 계획은 실패했어."

고집스러운 표정의 중진 의원이 반말로 고개를 저었다. 처음 이진혁을 불러오자고 말했던 그 의원이었다. 자신이 처음 내민 의견이 반대당한 것이 불쾌한지, 미간에는 주름이 잔뜩 끼어 있었다.

그럼에도 2선 의원은 불쾌한 기색도 없이 즉각 대답했다.

"이번에는 성공시킬 수 있습니다."

"무슨 근거로 그렇게 자신만만해하지?"

중진 의원은 2선 의원의 태도에 순수한 호기심을 보였다. 중진 의원은 성질이 더럽기로 유명하기도 했는데, 그런 자신의 반대에도 굴하지 않고 곧장 대답을 해오는 젊은이를 좋게 보았기 때문이었다.

물론 그 대답이 별거 아니라면 이 호감까지도 전부 악감정으로 뒤바꾸어 젊은이에게 뒷감당을 시킬 생각이었지만, 다행인지 불행인지 그런 일은 일어나지 않았다.

"이제 더 이상 교단과 적대 관계가 아니기 때문입니다, 의원님. 그 계획을 계속 실행하기 위해 꼭 필요한 연금 물자가 교단에 의해 틀어 막혀 있었지만, 이제는 구할 수 있게 되었으니 적어도 이론적으로는 실패할 일이 없습니다."

"이론적이라. 그렇군."

중진 의원은 겉보기엔 불쾌한 표정을 지으며 물러난 것으로 보이나, 그러한 그의 태도가 2선 의원을 인정했음을 나타낸다는 것을 모르는 이는 드물었다.

논의가 어느 정도 정리되자, 엄숙한 표정의 의원이 입을 열었다.

"둘 다 하면 되겠지."

"둘 다요?"

"이진혁 님을 인류연맹으로 초대하는 계획과 그… 슈퍼 솔저 양성 계획을 말이오."

이번에는 아무 반론도 나오지 않았다.

회의 결과는 그렇게 정해졌다. 물론 디테일한 계획의 조정에 필요한 의견 교환과 예산의 배치 등이 조율되었으나, 큰 마찰 없이 결론에 이르렀다.

*　　　　　*　　　　　*

크리스티나 쪽에서 먼저 연락을 한 건 오랜만의 일인 것처럼 느껴졌다. 기분 탓인가? 뭐, 딱히 집중하고 있었던 것도 아니므로, 나는 [레벨 업 마스터]를 들어 화면을 켰다.

─국가영웅님! 국가영웅님!

꽤나 호들갑스럽게 부르는 모습에, 나는 이상하게 안 좋은 예감이 들었다.

"그래, 크리스티나."

그래도 대답은 해야지.

─만마전에서 세우신 공적에 대한 보상이 나왔어요!

음? 예감이 빗나갔나? 나는 반신반의하며 물었다.

"그건 이미 할부로 받아 챙기고 있었지 않았나?"

─그건 일부였을 뿐이고요. 이제 제대로 된 보상이 나올 때도 되었죠.

"그게 그렇게 되나? 그래, 그럼 그게 뭔데?"

난 큰 기대 없이 물어보았다. 그러자 돌아온 대답은 여러 의미로 내 예상을 엇나간 거였다.

─이제부터 국가영웅님이라 부르지 않겠습니다! 영웅왕 폐하!!

"…뭐?"

나는 순간적으로 크리스티나의 말을 제대로 알아들을 수가 없었다. 얘가 방금 뭐라고 했지?

—인류연맹은 모든 정파가 일치단결해서 이진혁 폐하를 영웅왕으로 옹립하기로 천명했습니다!! 영웅왕께서는 이제 모든 연맹의 위에 군림하는 왕이 되신 거예요! 감축드리옵니다, 폐하!

크리스티나는 꽤나 과장된 목소리로 절을 하며 내게 말했다. 나는 어이가 없어 되물었다.

"뭐라? 너희 공화정 아니었어? 공화정에서 무슨 왕이야?"

—입헌군주정과 공화정은 양립 가능해요, 폐하!

아, 그런 건가. 나는 내 예감이 들어맞았음을 느꼈다. 내 짜게 식은 표정을 본 건지 못 본 척하는 건지, 크리스티나는 밝은 표정으로 이어 말했다.

—자, 얼른 인류연맹으로 오시죠! 폐하의 대관식이 기다리고 있어요!!

훗, 하고 난 짧게 웃었다. 그리고 이렇게 선언했다.

"거절한다!"

—왜요? 왕이에요, 왕! 킹왕짱 할 때 그 왕이라구요?

예를 들어도 꼭. 그러나 이 정도로 흔들릴 내가 아니다.

"입헌군주제면 별거 없는 직함뿐인 존재잖아. 그거 하나로 전공을 퉁치려고 들지 말라고. 제대로 된 보상을 내놔."

내 날카로운 지적에도 크리스티나는 별로 당황하는 기색을 보이지 않았다. 오히려 후훗, 하고 짧게 웃더니 이렇게 이어 말했다.

─저를, 그리고 인류연맹 의회를 너무 얕보셨군요, 폐하! 물론 보상도 있어요, 따로!!

"그래?"

─네! 일단 폐하께서 소유 중이시던 저택을 궁전으로 대우하게 됐고요.

저택? 나는 기억 너머에서 대기 중이던 저택에 대한 정보를 가까스로 되살렸다.

누에보 베르사유라는 별명이 붙었다던, 베르사유 궁전과 매우 닮은 초호화 저택. 당시에 크리스티나에게 이거 궁전 아니냐며 물었을 때, 그녀는 필사적으로 궁전이 아니라며 부정했던 적이 있다. 그것도 세 번이나.

"궁전 아니래매."

─이젠 궁전이에요!

실로 뻔뻔하게도, 크리스티나는 이번엔 궁전이라고 쉽게 인정해 버렸다.

─왜냐면 이제 폐하께선 왕이시기 때문이죠.

"그렇구나."

그렇다는데 뭐 내가 어쩌겠는가.

—그리고 폐하의 궁전 주변 땅 5천 평을 폐하의 직할령으로 선포하여, 폐하께서는 독자적인 조세권과 병권, 법령 선포 권한을 가지실 수 있어요.

크리스티나의 그 말에 나는 웃어버리고 말았다.

"그럼 나는 내 땅에선 헌법 위에서 놀겠네? 그게 무슨 입헌 군주야?"

—아, 물론 직할령 바깥에선 인류연맹의 법이 우선이지만요.

…농담 아니었어? 내 표정이 굳어가는 걸 본 건지 모르는 척 하는 건지, 크리스티나는 태연하게 설명을 이어나갔다.

—그래도 기본적으로는 속지주의에 따라 직할령에서 어떤 범법 행위를 하셔도 인류연맹은 처벌할 수 없어요.

말하자면 직할령에선 절대군주, 직할령 밖에선 입헌군주인 셈이 된다.

"그럼 누가 내 땅에서 살겠어?"

—뭐, 사실 지금도 아무도 안 살지만요. 그 5천 평은 사실 이미 폐하께 불하됐던 땅이라서 이전에도 개인 사유지였어요.

그러고 보니 그랬다.

"아, 대신 내가 누굴 데려와서 세금을 걷든 뭘 하든 신경 안 쓰겠다는 거로군."

—바로 그거죠! 아, 이것도 당연한 거지만 폐하의 직할령은

면세구역으로 지정되어서 어떤 수익을 내시든 세금이 부과되지 않는답니다!

"오!"

순간적으로 놀라 감탄사를 터뜨리긴 했지만, 잘 생각해 보니 별로 매력적이진 않았다. 내가 장사에 뜻이 있는 것도 아니고 특별히 재능이 있는 것도 아니니 말이다. 뭐, 정말 은퇴하고 눌러앉게 되면 식당이나 하려나. 일단 요리를 올렸고, 요리 재료를 무상으로 얻고 있으니.

아니, 다시 생각해 보니 역시 식당 같은 건 나한테 안 어울린다. 성질이 좋은 것도 아니고 사람 만나는 걸 좋아하는 것도 아닌데 굳이 음식 장사를 할 이유가 없잖아?

—그리고요!

내 표정 변화를 눈여겨 본 건지, 크리스티나가 빠르게 이어 말했다.

—직할령으로 바로 이어지는 차원문 3기가 개통 결정됐어요! 일전에 이미 약속드렸던 1기에 더해서 2기를 추가로 원하시는 좌표에 이어드릴 수 있어요! 그중에서 1기는 좌표만 말씀드리면 지금 당장 연결해 드릴 수 있고요!

이건 좋다. 우주선으로 다니다 보면 무슨무슨 효과 때문에 시간 흐름이 달라진다던데, 차원문을 통해 다니면 그런 일이 없을 테니까.

"그거 비싸다더니?"

─그만큼 인류연맹이 성의를 보인 거죠! 그러니 오시죠! 폐하!! 지금 당장 계신 곳으로 차원문을 열어드릴게요!!

수상하다.

나는 직감적으로 위화감을 느꼈다.

나를 왕으로 추대해? 그것도 의회에서 통과시켰다고? 아무리 입헌군주정의 왕이 명예직에 가깝다곤 해도, 사람은 자기 위에 누가 앉는 걸 본능적으로 꺼리게 마련이다. 그런데 영토까지 잘라줘?

잘 생각해 보니 웃어넘길 게 아니라 꽤 파격적인 대우다. 국가 내부에서 법으로 토지 거래를 인정하는 것과는 다르다. 영토를 떼어주는 거나 마찬가지인 수준이다.

예를 들어 과거 지구에서 한국이 독도를 다른 누구한테 주겠다면 무슨 일이 벌어지겠는가? 대통령은 탄핵당하고 의회는 해산당하고 군대는 쿠데타를 꿈꿀지도 모르지. 인류연맹이 바로 그런 짓을 한 거다.

그럼에도 불구하고 저런 짓을 해치웠다? 퍼줘도 너무 퍼주는 거 아닌가?

교단과의 종전 선언도 이뤄졌고 인류연맹을 위협했던 세력인 만마전도 소멸했다. 슬슬 토사구팽을 생각할 때도 되었다. 그럼에도 불구하고 인류연맹은 날 삶아먹는 대신 인류연맹의 영토 일부를 삶아서 내 앞에다 떡하니 갖다 줬다.

냄새가 난다. 너무너무 수상한 냄새가 풀풀 풍긴다.

어쨌든 인류연맹은 날 필요로 한다. 적어도 토사구팽은 생각하지도 못할 정도로 중대한, 국가의 위기라 할 만한 어떤 사태가 터진 거겠지. 완전 넘겨짚기지만 말이다.

"말해."

그래서 나는 일단 대답을 종용하고 보자는 식으로 질렀다. 그럼 뭐가 나오더라도 나오겠지. 아무 근거 없이 느낌만으로 밀어붙이는 거라 크리스티나가 모르는 척하면 나로서도 답이 없지만, 내가 뻥카치는 게 하루 이틀 일도 아닌데 뭐.

ㅡ…죄송해요, 폐하! 저도 위에서 명령을 받아서 이러는 거예요!!

다행히 크리스티나는 곧바로 GG를 쳤다.

"알아."

크리스티나와 팀이 된 지도 벌써 몇 년이 지나갔다. 비록 그녀는 인류연맹 소속이나, 내 파트너이기도 하다. 결국 그녀는 다소 과장스러운 태도를 취함으로써, 내 입에서 그녀를 압박하는 말이 나오도록 만들었다.

"그래, 무슨 일인지 듣도록 하지."

짧은 이야기는 아닐 것 같았기에, 나는 크리스탈 책상 위에 레벨 업 마스터를 올리고 의자에 몸을 깊이 파묻었다.

—……인류연맹은 지금 위기에 처해 있습니다.

그런 크리스티나의 말을 들은 나는 곧장 심장이 빠르게 뛰는 걸 느꼈다.

인류연맹이 위기에 빠졌다? 그건 좋은 일이다. 왜냐하면 위기는 나한테 기회니까.

레벨 업 할 기회 말이다.

"무슨 위기 말이야?"

나는 마음속에서 무럭무럭 자라기 시작한 기대감을 들키지 않기 위해 올라가려는 입꼬리를 최대한 꽉 누르고 질문을 던졌다.

—그게……. 만신전과 천계에서 불온한 움직임을 보이고 있어서요.

"만신전? 신들? 개네 잡으면 경험치 많이 주나? 아, 카르마 깎이나?"

—그러실 줄 알았어요.

그러나 나 또한 파트너인 크리스티나의 눈을 속일 순 없었나 보다. 내 내심이 이렇게 쉽게 들킨 걸 보니 말이다.

—선신을 죽이시면 카르마 손해 좀 보실 거고요. 악신은 이득이죠. 전면전에선 악신이 더 강하니까, 만약 만신전의 신들이 침략해 온다면 주로 악신들을 보내겠죠.

"침략군은 별로 사양할 거 없이 쳐부수시면 된단 소리군.

알기 쉬워서 좋네."

─천계의 신선들도 비슷해요. 사람 잡아먹고 신선이 된 요선들은 좋은 카르마 벌이 수단이 되겠죠.

"그렇구나! 빨리 쳐들어왔으면 좋겠다!!"

흥분한 나머지 부적절한 표현을 써버리고 말았다. 크리스티나도 손을 내저었다.

─그, 그러시면 안 되고요.

"아무튼 알았어. 그런 상황이 오면 날 불러. 즉시 가지. 아니면… 여기에서 할 일을 대충 처리하고 나면 그쪽으로 갈게."

─알겠습니다, 폐하!

내 어중간한 대답을 듣고도 크리스티나는 날 닦달하거나 들러붙지 않고 깨끗하게 물러났다. 아마 상부, 인류연맹의 의회로부터 그런 지시 사항은 들었던 거겠지. 뭐, 나로선 다행이다.

인류연맹 의원들의 행태가 별로 마음에 들진 않지만 그들로서도 자신들의 고향을 지키기 위해 필사적인 것이리라. 이 정돈 감안해 줘야겠지.

그 대신 나도 당장 날아갈 의리는 못 느끼게 됐고 늦게 가도 되는 명분도 지켰으니 WIN─WIN이라 할 만하다. 아니, 내가 이겼나? 뭐 아무렴 어때.

난 의자에서 일어섰다. 여기에서 해야 할 일이 있다는 건 변명도 거짓말도 아니다. 지금부터 그걸 하러 갈 생각이었다.

그게 뭐냐면, 당연하게도 식사였다.

더 정확하게는 식사를 통한 레벨 업이었다.

자, 먹으러 가자!

*   *   *

밥 먹는 게 뭐 그리 중요하냐는 태클이 들어올 수도 있지만, 내게 있어선 진짜 중요한 일이었다. 물론 이전에도 중요했지만 이제부터는 더 중요하다. 왜냐하면… 그걸 설명하기 위해선 시간을 한 시간쯤 전. 그러니까 크리스티나로부터 연락이 오기 전으로 되돌려야 한다.

스킬 쿠폰도 [풍요로운 대지의 힘]과 [수확의 신] 콤보로 추가 옵션을 부여할 수 있다는 것을 깨달은 나는 곧장 그 깨달음을 응용하기로 했다.

아직 연습 랭크인 데다 강화치도 없어서 깨끗한 [불의 힘] 스킬을 [쿠폰 발행인] 특성으로 쿠폰화시킨 후에, 그 쿠폰을 [풍요로운 대지의 힘]에 의해 강화된 땅에 파묻고 [수확의 신]으로 수확해 [축복받은] 옵션을 추가한 후 다시 스킬을 분할해 합성 전용 스킬인 [불의 힘]과 [축복받은]을 얻었다. 그러자 [불의 힘]이 합성 전용 스킬이 된 덕에, 신살자 직업 스킬인 [세계를 사르는 불꽃과 합성 가능한 스킬이 되었다.

　―동일 계열 스킬을 4개 이상 소유하고 있습니다.
　―[불의 힘], [세계를 사르는 불꽃], [요리의 대가], [이진혁]
　―동일 계열 스킬은 서로 초융합시킬 수 있습니다. 융합하시겠
습니까?
　[주의!] 융합에 사용한 스킬은 다시 얻을 수 없습니다.

　이걸로 초융합이 가능해졌다.
　그런데 이게 끝이 아니다. 남아 있는 [축복받은]은 [오병이어]에 걸자, 그 [축복받은] 옵션이 접착제 역할을 해 [불의 힘]과 합성이 가능해졌다.
　그 결과!

　―동일 계열 스킬을 5개 이상 소유하고 있습니다.
　―[불의 힘], [세계를 사르는 불꽃], [요리의 대가], [이진혁], [오병이어]
　―동일 계열 스킬은 서로 승화시킬 수 있습니다. 승화시키겠습니까?
　[주의!] 스킬 승화에 사용한 스킬은 다시 얻을 수 없습니다.

이로써 스킬 승화가 가능해졌다!

"흐흐흐, [요리의 대가]와 [오병이어]가 합쳐지면 대체 무슨 일이 일어날까?"

사실 난 예전부터 궁금했고, 더불어 억울하기도 했다. 대체 왜 [요리의 대가]와 [오병이어]는 서로 합성되는 스킬이 아닌 걸까? 똑같이 밥 먹는 걸 다루는 스킬인데 말이다.

뭐, 시스템이 판단하기엔 아닌 모양이지.

그동안은 그렇게 납득하려 애썼지만 실은 마음 깊은 곳에선 불만이 남아 있었다.

그런데 지금, 이렇게 오래 쌓이고 쌓였던 불만과 호기심이 드디어 해소될 기회를 맞이했다. 다소 억지로 말이다.

아니, 이건 시스템 탓도 크다.

그냥 합성하게 해줬으면 내가 억지를 부렸을 일도 없었을 테니까.

아무튼 내 탓은 아닌 듯!

"승인한다!"

나는 곧장 스킬 승화를 실행했다. 그렇게 해서 얻은 스킬이 이거였다.

[이진혁의 불] +10

─등급: 대이적(Great Miracle)

—숙련도: 초월 랭크

—효과: [이진혁의 불]을 생성한다.

여전히 설명은 부실하다. 하지만 써보면 알 수 있겠지. 그래서 써보니…….

"헉!"

…소리가 절로 나왔다.

[이진혁의 불]은 스킬명에는 불이 들어가 있지만 [이진혁]일 때와 마찬가지로 내가 다룰 수 있는 어떤 속성으로든 발현할 수 있다. 불 속성, 번개 속성, 빛 속성, 생명 속성.

소모자원은 체력, 마력, 내공, 신성 중에 내가 원하는 걸 쓸 수 있는 것도 [이진혁] 때와 같다. 괜히 스킬명에 불이 들어간 게 아니라, 유지하는 데에는 불 속성이 가장 효율적이다.

여기까지는 예상할 수 있었던 영역이다. [이진혁]같이 좋은 스킬 효과가 사라질 리는 없지.

그리고 스킬을 사용해 생성한 [이진혁의 불]로 요리를 하자고 마음을 먹고 요리 재료를 불 속에 집어넣어 태우면, …요리가 완성이 된다.

…왜?

아니 뭐, [요리의 대가]가 재료로 들어갔으니 그렇다고 말할 수야 있겠지.

심지어 우유와 설탕을 불에 넣고 태웠더니 아이스크림이 나오더라. 불로 태웠는데 말이다……. 내가 해놓고도 뭔 소린지 모르겠지만 좌우지간 그렇다.

지금 와서 스킬에 물리법칙 따위를 운운할 생각은 없지만, 이건 뭐랄까……. 뭔가가 너무 지나치게 생략된 게 아닐까?

일단은 어떤 재료를 넣으면 요리가 나오는지는 내가 결정할 수 있지만, 결정하지 않을 수도 있다. 무슨 소리냐면, 아무 생각 없이 아무거나 때려 박으면 아무 요리나 나온다. 같은 요리 재료를 넣어도 다른 요리가 나오는 경우도 있다.

심지어 요리 재료랑 상관없는 요리가 나오기도 한다.

일례를 들자면, 소금이랑 후추를 넣었더니 아이스크림이 나왔다. 아니, 왜? 딱히 아이스크림이 먹고 싶었던 것도 아닌데.

"그러고 보니… 지구엔 후추맛 아이스크림이란 게 있었지."

참고로 소금맛 아이스크림도 존재했다. 먹어보지는 않았다. 물론 후추맛도.

대체 왜 그런 게 세상에 존재하느냐는 질문은 팔았던 사람한테 물어봐야겠지만, 지금은 소금맛 아이스크림도 그걸 파는 사람도 존재하지 않으니 물어볼 수조차 없다.

나는 마른침을 삼켰다. 과연 이 소금과 후추로 만들어진 새하얗고 차가운 아이스크림은 어떤 맛이 날까? 나는 떨리는 마음으로 혀를 내밀어 그 아이스크림을 핥았다.

아주 차갑고… 달콤했다.

저지 밀크를 사용한 듯, 유지방이 풍부하고 공기층을 담뿍 담은 부드러운 아이스크림이었다.

"어째서!"

나는 혼자서 소릴 지르고 말았다.

다행이라면 다행이었지만, 이상하게 납득은 안 됐다.

추가적으로, 생성한 [이진혁의 불] 주변에 둘러앉아 요리를 서빙하면 자리에 앉은 이들 모두에게 그 요리가 제공된다. 이건 뭐……. 그냥 [오병이어] 효과가 전승된 거니까 이상할 건 없다.

그런데 여기에 하나 더 옵션이 붙었다. 요리를 서빙하면 그 요리에 어울리는 음료가 한 잔 자동적으로 추가되는 옵션이 바로 그거였다.

"세트 메뉴야?! 이럴 거면 감자튀김도 같이 주지?"

…라고 생각한 적도 있지만, 반대로 음료를 [이진혁의 불] 앞에서 꺼내놓으면 그 음료에 어울리는 음식도 함께 나온다. 그러니까 콜라를 꺼내놓으면 감자튀김이 나온다…….

"기본 안주냐!"

이건 여담이지만, 아까 먹다 남은 소금후추 맛이 나지 않는 소금후추 아이스크림을 서빙했더니 어째선지 포테이토칩이 나왔다. 포테이토칩 쪽은 소금후추 맛이었다…….

이상한 방향으로 업그레이드되긴 했지만, 어쨌든 이런 옵션이 붙은 건 [오병이어]를 섞은 탓이겠지. 더군다나 지금 와서 질량보존의 법칙이니 하는 걸 거론하는 게 더 낯 뜨거운 일이다. 뭐 음료가 나올 수도 있지. 넘어가자.

마지막으로 이렇게 둘러앉아 음식을 먹다가 넘치는 부분이 생기면, 그러니까 과식하게 되면 그 과식한 양의 음식이 위장에서 사라지고 '이진혁'에의 신앙으로 치환된다. 노파심에서 거론해 두자면, '이진혁'은 물론 나를 뜻한다.

…이건 대체 어디서 나온 거지? [세계를 사르는 불꽃]에서 나온 건가? 그러고 보니 [세계를 사르는 불꽃]은 어디 갔지? 아, 첫 번째 방법으로 속성 부여할 때 [세계를 사르는 불꽃] 버전으로 [이진혁의 불]을 꺼내놓을 수 있게 해놨군. 그럼 이 옵션은 대체……?

"뭐 아무렴 어때."

나는 생각하길 포기했다. 생각해 봐야 소용없는 걸 계속 고민해 봐야 시간 낭비일 뿐이니까.

중요한 건 이거다. 이제 더 이상 측근들의 위장 상태를 걱정할 필요가 사라졌다. 아니, 오히려 신앙을 벌기 위해 더 많이, 더 자주, 한꺼번에 음식을 먹여야 할 필요가 생겼다고 봐야 했다.

바로 이것 때문이었다. 이것 때문에 나는 지금 당장 인류연맹으로 갈 수 없었던 거다. 내겐 내 신자들을 먹여야 할 숭고한 사명이 있으니까!

나는 사명감에 절로 부르르 떨리는 주먹을 쥐고, 곧장 아래층으로 내려갔다.

그리고 바로 불을 질렀다. [이진혁의 불]을!

"애들아, 밥 먹자!"

나는 환한 목소리로 외쳤다. 그야 그렇다. 밝지 않을 이유가 없다. 내 앞에는 밝은 미래만 펼쳐져 있으니까. 헷갈릴 여지도 없이 명확한 빛 속성으로 말이다.

*　　　　*　　　　*

결과.

나는 흡족했다.

"계속, 계속 들어갑니다! 신이시여!"

"얼마든지 먹을 수 있습니다! 이 맛있는 걸 눈앞에 두고 참을 필요가 없다니!"

"오오, 신이시여! 여기가 천국이란 말입니까?! 전 천국이라 믿습니다!"

나만 흡족한 게 아니라 다행이다.

이미 위장 한계돌파를 겪었음에도, 그 돌파된 양의 음식물은 나에 대한 신앙으로 전환되어 내게는 신성이라는 형태로 돌아왔다.

물론 나는 애들 위장 신경 쓸 거 없이 [즐거운 회식]을 발동시킨 채 계속해서 경험치를 쌓아댈 수 있어서 흡족한 거였다.

"이제 혀의 역치만 조심하면 되겠군."

나는 그렇게 생각하며, 또 하나의 식재료를 [이진혁의 불]에 던져 넣었다.

*   *   *

이틀 후, 나는 인벤토리에 쌓아놓은 식재료의 절반을 소모했고, 그 대가로 세계혁명가 27레벨에 달했으며, 충분한 신성을 얻어 격의 상승을 이루었다.

"오? 오오!"

그 과정은 이제까지와는 달랐다. 이제까진 그냥 적당히 후광이 짙어지면서 시스템 메시지로 한 줄 '격의 상승이 이뤄졌습니다' 뜨는 게 전부였었다. 그런데 이번에는 내 몸이랄까, 영혼이라 해야 하나, 아무튼 그에 준하는 무언가에서 신성이 쭉 빠져나갔다.

놀라서 상태창을 켜보니 실제로 신성이 많이 빠졌다. 최대치는 그대로라 다행이지만, 거의 절반에 가까운 신성이 빠져나갔으니 꽤 뼈아픈 소모라 느꼈다.

그런데 그렇게 빠져나갔던 그 신성이 내게 다시 돌아와, 내 모든 것들을 재구성하는 것에 쓰이기 시작했다. 내 머리털부터 내 혈관에 흐르는 마지막 피 한 방울에 이르기까지, 그리고 심지어 물질로 이루어지지도 않은 내 영혼과 존재와… 상태창에까지 변화는 찾아왔다.

그러했다. 나는 드디어 필멸자의 껍데기를 집어던지고 진짜 신이 되었다. 반신이니 뭐니 하는 쓸데없는 수식어를 벗어던지고 불멸자의 좌에 올랐다.

물론 이제까지도 불멸자에 준하긴 했다. 보통 인간이 수백 년씩 살아 있을 리 없으니까.

그런데 나는 튜토리얼 세계에서 그 수백 년을 버텼다. 비밀은 레벨 업과 높은 강건 능력치였다. 강건 능력치가 매우 높아 늙는 속도가 대단히 느려졌으며 노화라는 상태이상을 레벨 업으로 회복하면서 버틴 것에 불과하다.

그러나 이제부터는 다르다. 나는 더 이상 나이를 먹지 않는다. 0과 0에 수렴하는 것은 엄연히 다른 것. 나는 그 제로에 도달했다. 진정한 의미의 불노불사를 손에 넣었다.

아니, 정확히는 불사는 아닌가. 물리적인 육체를 유지하기 위해 생존에 필요한 산소와 음식 등을 수급해야 하는 건 여전하고, 생명력을 전부 잃으면 물리적인 육체를 잃는 것도 똑

같다.

그럼에도 불구하고 내가 나 자신을 불멸자라 자칭할 수 있는 건 설령 물리적인 육체를 잃더라도 완전히 죽는 것이 아니기 때문이다. 신좌에 이르렀으니, 육신을 잃더라도 존재 자체가 흩어지지는 않는다. 물론 이전보다 불안정하긴 할 테지만 말이다.

어쨌든 존재로서 한 레벨 더 높은 곳에 이른 것은 사실이며, 이제야 나는 나를 신이라 일컫는 것에 조금의 저항감도 느끼지 못하게 되었다.

그렇게 나는 드디어 신이 되었다.

"오오, 신이시여!"

"신이시여, 신이시여!"

이 자리에 있던 모든 이들이 내게 일어나는 변화를 보고 느꼈는지 모두 내게 절하고 소리 지르며 난리도 아니었다.

그리고 그들이 내게 바치는 경외와 신앙이 이제까지와는 달리 피부로 느껴졌다. 이제부터는 내 존재를 유지하는 영육이 이들의 신앙으로 이뤄진다는 사실을 나는 감각적으로 깨달았다.

"이게… 신인가."

나는 흡족하게 중얼거리며 상태창을 켜보았다.

이름: 이진혁
종족: 지구인

음? 종족은 그대로 지구인을 유지하게 됐군. 이건 좋은 건가? 좋은 거겠지. 지구인은 이래 봬도 전설 유일 등급 종족이니까. 그리고 레벨 업에 필요한 경험치가 절반이라는 지구인의 종족특성은 어디에서도 얻기 힘든 옵션이다. 좋은 거 맞다. 그리고……

다음 항목을 확인한 나는 표정을 굳힐 수밖에 없게 되었다.

신격: 잡신

"……"

내 격이 반신에서 잡신이 되었다.

*   *   *

지금 와서 다시 잘 생각해 보면 밥 먹다가 신격에 오른 것도 쪽팔린 일인데 그 신격이란 게 잡신이라니! 별로 자랑스럽지도 않았고 오히려 좀, 아니, 꽤 부끄럽기까지 했다.

"축하드립니다, 이진혁 님!"

"축하드려요, 서방님!"

그 와중에 루시피엘라와 비토리야나는 사람 속도 모르고 축하의 말을 날리고 있었다. 보아하니 본인들이 더 기뻐서 날뛰고 있는 것 같았다.

"…어쨌든 신격에는 올랐으니, 이제 너희 소원을 들어줄 수 있는 거야?"

나는 꾹 참고 물었다. 그러자 루시피엘라는 곧장 고개를 저었다.

"아뇨, 잡신으론 무립니다."

"최소한 '하급 신'까지는 올리셔야 가능해져요, 서방님!"

그런가. 그렇구나. 역시 잡신은 진짜 신이 아니구나. 그리고 너희들도 날 잡신이라고 부르는구나. 직접 불러보니 더욱 피부에 와닿게 굴욕적이다. 나는 부들부들 떨었다.

"젠장, 잡신인 채로 얼마나 더 신성을 쌓아야 하는 거지?"

신성: 9,999+

모르겠다. 반신일 때도 9,999+였으니, 여기서 신성 몇 포인트를 더 올린 덕에 잡신이 되었는지 감조차 안 잡힌다. 그러나 한 가지 확실한 건, 잡신보다 더 높게 올라가는 데에는 훨씬 더 많은 시간이 필요하리라는 논리적으로 도출된 결론뿐이다.

"나는 과연… 이 굴욕을 얼마나 버틸 수 있을까?"

부들부들, 부들부들.

벌떡.

나는 일어섰다.

"예전부터 품어왔던 의문이 하나 있었지."

시험해 볼 만한 게 하나 있다. 이제까지는 꼭 이렇게 해야만 하나? 하는 생각으로 뒤로 미뤄왔던 거지만, 만약 이 시도로 인해 조금이라도 더 빨리 이 모욕적인 잡신 타이틀을 뗄 수만 있다면 위험을 무릅쓸 만하다.

"나 잠깐 다녀올게."

"어디 가요, 선배?"

요리와 함께 무제한적으로 제공된 음료는 술이 압도적으로 많았다. 아무리 루시피엘라의 고유 특성인 [참는 자에게 복이 있나니]를 적용받고 있다지만, 이렇게까지 많은 술을 버틸 수는 없었던 건지 안젤라의 동공은 조금 풀려 있었다.

"묻으러."

"누구를요!?"

"나를."

그렇다. 나는 나를 묻을 것이다. 은유나 비유가 아니라 실제로, 문자 그대로.

예전부터 품어왔던 의문이란 그거였다. 과연 사람을 파묻은 다음 [수확의 신] 스킬로 '수확'하면 어떤 일이 벌어질까? 하는 것. 아무리 그래도 너무 미친 발상인지라 이 가설을 실제로 실천해 보진 않았지만, 상황이 이렇게까지 되어버린 이상 어쩔 수 없다.

지금이 바로 그때다!

"그게 무슨 소리예요, 선배?!"

너무 급진적인 발상인지라 안젤라마저도 낯빛을 바꾸며 외쳤지만, 나는 더 이상 시간을 낭비할 생각이 없었다. 잡신이라는 타이틀을 떼기 위해서라면 뭐든지 할 거다!

[기습하는 또 하나의 나]

나는 지난번과 똑같은 과정을 거쳐 이진혁 월드 타워에서 빠져나와 적당히 녹지가 있는 지역으로 날아왔다.

내 착지로 인해 파헤쳐진 크레이터로 몸을 던지고, 주변 땅에 [풍요로운 땅의 힘]을 사용한 후 [염동력]을 활용해 흙을 덮었다.

동시에 몸을 움직여 땅속으로 파고들어 갔다.

오, 우와. 땅속이란 의외로 아늑하구나!

숨을 못 쉬는 게 좀 답답하긴 하지만, 이미 강건 능력치가 999+를 찍은 나다. 실제로 해보진 않았지만 아마 1년 정도는 숨을 쉬지 않아도 괜찮을 거다.

나는 아예 눈을 감았다. 내 안구 각막이 고작 흙 좀 들어왔다고 따갑거나 아플 리는 없지만, 어차피 눈을 떠도 아무것도 안 보이는데 굳이 뜨고 있을 이유도 없었다.

눈을 감으니 잠이 온다. 땅속이 포근하기도 하고. 그러고 보니 또 오랫동안 잠을 자지 않은 채 있었다. 오랜만에 잠이나 잘까. 그런 생각이 자동적으로 들었다.

벌레들이 땅을 파고 돌아다니는 소리가 들렸지만, 그마저도 자장가처럼 들렸다. 몇몇은 내 피부를 물어뜯으려고 했고 또 몇몇은 내 귀를 뚫고 들어오려고 시도했지만, 그것들에겐 안타깝게도 내 피부와 고막은 그렇게 연약하지 않았다.

그래도 귀찮은 건 귀찮았기에 가볍게 [이진혁의 불]을 일으켜 맛있게 만들어놓자, 주변은 완전히 조용해졌다.

기왕 이렇게 된 거, 나는 그냥 [이진혁의 불]을 유지하기로 마음먹었다. 다가오는 벌레들은 익어서 죽어버리지만 내게는 전기장판 틀어놓은 것으로밖에 느껴지지 않는 최적의 온도였다. 흙이 적당히 달아올라 마치 이불을 덮은 것처럼 뜨끈뜨끈하니 자기 좋아졌다.

불을 유지하는 데 체력은 소모되지만 내 최대 체력을 감안

할 때 극히 미량일 뿐이며, 딱히 집중력을 필요로 하지도 않으니 내 수면을 방해하지 않는다.

이렇게까지 상황이 만들어졌는데, 찾아오는 수마를 굳이 내쫓을 필요도 없으리라.

나는 잠들었다.

*　　　　*　　　　*

"음? 헉!"

나는 눈을 떴다. 그리고 숨을 쉬려고 했다. 흙이 내 숨구멍에 가차 없이 들어왔다. 아, 약간의 산소가 필요하다. 그런데 난 왜 이러고 있었더라?

아, 수확.

반사적으로 땅을 파헤치고 나가려던 나는 움직임을 멈췄다. 다행이라고 해야 할까, 뭐라 해야 할지 조금 애매하긴 하지만 아무튼 수확의 때가 되긴 했다.

[수확의 신]!

나는 [수확의 신] 스킬을 사용해 그 대상을 나 자신으로 잡았다. 그러자 내 몸이 땅에서 빠져나와 솟아올랐다.

어? 이게 되네?

"오, 와?!"

갑자기 내 신성이 확 빠져나가기 시작했다. 이 감각은……!
내가 반신에서 신격으로 오를 때 느꼈던 그것과 같다! 즉!!

"이럴 수가, 진작할 걸!"

내 가설은 증명되었다! 결과는 참이다! [수확의 신] 스킬은
사람도 수확할 수 있는 거였어! 나는 사람 수확하는 농부다!

내가 그렇게 기뻐하고 있는 중에도 빠져나간 신성은 내 존
재를 바꿔놓길 계속했고, 그 여파로 온몸이 번쩍번쩍 빛나고
있었다. 그리고 곧 그 단계가 완료되었다.

비록 필멸자에서 불멸자로 바뀌었을 때만큼 파격적인 변화
는 아니었으나, 나는 내가 한층 더 신성한 존재가 되었음을
확실히 인지했다.

그러나 그것보다 더 중요한 게 있었다. 나는 눈을 감은 채
상태창을 열었다. 상태창의 문자열은 눈을 감아도 보인다. 그
리고 그 문자열은 내 변화를 명확히 정의해 주었다.

신격: 하급 신.

"좋아."

난 손을 꽉 쥐었다. 하급이라는 수식어도 별로 자랑스러운

것은 아니라지만 잡신이 아닌 게 어딘가. 적어도 쪽팔리지는 않다.

나는 비록 무모한 시도였으나 그 시도로 인해 내 바람을 이뤘다는 보람으로 가슴이 충만해졌다. 코에 가득 찬 흙은 훅 내뿜어 버리고 입에 들어온 흙은 아직아직 씹어서 삼켰다. 이상한 소린 건 알지만, 흙은 [이진혁의 불] 덕분에 맛있어져 있었다.

그리고 맑은 공기를 한껏 들이켜 심호흡을 했다.

그 직후, 나는 이제 더 이상 호흡이 필요 없어졌음을 알았다.

물론 갑자기 담배를 끊은 흡연자가 그러하듯 갑자기 호흡을 끊으면 불안함과 불편함을 느끼겠으나, 그렇다고 죽거나 실질적인 피해를 입지는 않을 것이다.

즉, 이제 내게 있어 호흡은 사실상 취미 생활이나 기호에 가까운 것이 되었다.

필요 없어진 건 호흡뿐만이 아니다. 나는 이제 식사를 할 필요도 없어졌으며, 집어넣을 필요가 없어졌으니 뺄 필요도 없어졌다.

"완전히 다른 생물이 되었군⋯⋯. 아니, 이제 생물이라고도 하면 안 되겠어."

나는 중얼거리며 다시 상태창을 켰다. 이런 몸이 되어버렸음에도 종족은 여전히 지구인으로 표기되어 있었다. 시스템의 기준으로 지구인이란 대체 뭘까? 나는 떠올려 봐야 별 의미도 없는 의문을 다시 의식의 저편으로 침잠시키며 눈을 떴다.

"어라."

눈을 뜨고 주변을 보자 한 천 명쯤 되는 사람들이 놀란 눈으로 날 바라보고 있었다. 그리고 곧 놀라움은 경탄으로 변했다.

"이진혁 님께서 죽은 자들 가운데서 사흘 만에 돌아오셨다!!"

누군가가 그렇게 크게 외쳤다. 종교적으로 문제가 될 만한 발언은 좀 삼가 줬으면 좋겠는데?! 아니, 너 비토리야나지? 악마잖아! 악마 주제에 그런 소릴 해도 되는 거야? 그렇게 따질 타이밍은 도저히 나오지 않았다.

"와아아아아아아아!!"

왜냐하면 말도 못 꺼낼 정도로, 천지를 진동시킬 정도로 거대한 환호성이 울려 퍼졌기 때문이다. 그리고 그 환호성에서 나는 피부에 와닿는 환희를 느꼈다. 이 막대한 신앙이 내 존재 그 자체를 지탱하고 있음을 몸으로 느낀 탓이었다.

더 이상 생존에 공기를 필요로 하지 않는 대신, 나는 내 존재를 유지하기 위해 신앙이 필요한 존재가 되었다는 것을 절

감한 순간이기도 했다.

"내가 이진혁이다!!"

그래서 나는 그렇게 크게 소리 질렀다. 평소라면 쪽팔려서라도 절대 하지 않았을 행동이지만, 지금은 달랐다. 이 행위가 내게 아주 큰 이득을 가져올 것이다.

"와아아아아아아!!"

보라, 군중의 환호성이 한층 더 높아지고 내게 돌아오는 신앙의 양과 질도 뛰어오르지 않았는가? 이런 보상이 있다면 약간의 쪽팔림은 감수해야 마땅하다.

"내가 돌아왔다!!"

"와아아아아아아아!!"

크으, 이 내 사랑스러운 신도들! 나는 주체할 수 없는 기쁨과 감동에 휩싸여, 그 자리에서 [이진혁의 불]을 지르고 탕수육을 꺼내 들었다. 그러자 구름같이 모인 군중들의 머리 위에 한 그릇씩 탕수육이 뿅뿅 하고 튀어나왔다.

"이는 내 살이니, 먹으라! 그리하면 너희는 축복을 받을 것이다!!"

그리고 탕수육과 함께 이과두주가 뿅뿅 하고 솟아 나왔다.

"이는 내 피이니, 마시라! 그리하면 너희는 축복을 받을 것이다!!"

나중에 흥분이 가라앉은 후에나 떠올릴 수 있었던 거지만,

내가 생각해도 이건 좀 오버가 심했다 싶다.

…그래도 현장에서의 반응은 정말 좋았으니 그냥 넘어가자.

*　　　　　*　　　　　*

만신전.

신들의 터전이자 마지막 보루.

세계를 주도하는 세력이었던 것은 옛 영광으로 미루어두고,
이제는 쇠락해 가는 세력이지만 그렇다 하더라도,

그 신들 중의 하나, 에르메스가 문득 고개를 들었다.

"음?"

"왜 그러시죠?"

에르메스의 움직임에, 그의 어깨에서 꾸벅꾸벅 졸고 있던
올빼미가 눈을 뜨고 물었다. 젊고 아름다운 인간 모습의 신인
에르메스는 그런 올빼미의 깃털을 손가락으로 쓸어준 후 싱
긋 웃었다.

"신이 하나 새로 태어났어."

"…정말로요?"

올빼미는 놀란 듯 되물었다. 올빼미는… 그냥 올빼미였다.
사람 말을 발음하고 이해도 하는 올빼미가 보통 올빼미일 리
는 없지만, 적어도 겉모습은 평범한 올빼미 같았다.

그런 올빼미의 되물음에, 에르메스는 짐짓 화난 듯 말했다.

"내가 거짓말이라도 했단 말인가?"

"그치만……."

올빼미의 반응이 귀여운 듯, 에르메스는 피식 웃고선 말했다.

"그래, 믿기 힘든 일이기는 하지. 새로운 신이 태어나다니 말이야. 하지만 진실이야."

에르메스는 품에서 두루마리 하나를 꺼내 촤르륵 소릴 내며 펴 들었다. 그곳에 실린 것은 신들의 목록이었다. 그리고 그 두루마리의 끄트머리에 못 보던 이름이 하나 추가되어 있었다.

"이 이름은 어떻게 읽는 거지? 이… 진혁? 어렵군."

에르메스는 상쾌하게 웃으며 목록을 읽었다. 그러나 다음 순간, 그의 아름다운 미간이 찌푸려졌다.

"이런, 이럴 수가."

"왜 그러시나요, 에르메스 님?"

"이걸 봐, 페트록."

에르메스는 새로 나타난 이름을 손가락으로 짚으며 말했다.

"처음부터 하급 신이라니, 엘리트 코스를 밟고 있군. 이게 어떻게 가능하지?"

Chapter 7

아무나 신이 될 수 있다면 세상 누구나가 신이 되었을 것이다. 그만큼 신이란 좋은 것이다. 영원불멸한, 필멸자의 한계를 뛰어넘은 존재. 그것이 신이니까.

강함을 추구한다 하더라도 신이 되고자 할 것이며, 아름다움을 추구한다 하더라도 신이 되고자 할 것이다. 필멸자인 채로는 어느새 한계를 맞이하고 말 테니까.

수명이라는 존재의 종말을 맞이하든, 단순히 성장의 한계를 맞이하든, 어느 쪽으로든.

그럼에도 불구하고 세상 모두가 신이 되지는 못했다. 그 이유는 당연히 아무나 신이 될 수는 없기 때문이다.

신성을 모으는 건 천사라도 가능하다. 그리고 권능을 얻는 것도 신성만 있다면 가능하다. 그러나 신이 되는 건 다르다. 신이 되기 위해서는 존재의 한계를 뛰어넘어야 한다.

아이러니한 일이다. 존재의 한계를 뛰어넘기 위해 신이 되고자 하는데, 신이 되려면 존재의 한계를 뛰어넘어야 하다니. 이것은 닭이 먼저인가, 달걀이 먼저인가 하는 수준의 문제가 아니다. 그냥 일반적으로는 불가능하다는 뜻이다.

적어도 혼자 힘으로는.

결국 신성을 충분히 쌓아 신위에 오를 자격을 갖춘 이는 자신의 한계를 뛰어넘기 위해 다른 누군가의 도움을 필요로 한다. 그리고 그 다른 누군가는 필연적으로 신이 될 수밖에 없다.

"누가 이 새로운 신의 스승이지?"

그렇기에 에르메스는 새로운 신의 스승을 찾았다. 그는 모든 신들의 목록을 갖고 있기에, 새로운 신의 스승이 누군지도 금방 찾을 거라 생각했다.

그러나 그 시도는 무위로 돌아갔다. 새로운 신과 함께한 다른 신은 존재하지 않았다.

"그게 가능한가?"

에르메스가 아는 바로는 불가능했다.

애초에 처음부터 하급 신으로 나타나는 것 자체가 가능한 일인가? 필멸자의 한계에 가깝게 신성을 모은 후 스승을 모시고, 간신히 필멸자에서 불멸자로의 상승에 도달했다고 하더라도 그 도달점은 일개 잡신이 될 뿐이다.

스승 아래에서 잡일, 그러니까 퀘스트를 여럿 수행하고 적절한 자격을 갖춘 후에나 독자적으로 움직일 하급 신이라는 타이틀을 거머쥐게 되는 것이 보통이다.

아니, 사실 그마저도 보통은 아니다. 스승인 신이 더없이 선량하고 자애로워 자신의 신성을 나눠줘야 비로소 가능한 것이 하급 신으로의 초월이다.

현 시대에 선량하고 자애로운 신들은 이제는 아무도 없다. 엄혹한 시기에 가장 먼저 스스로를 희생하는 이들이 그러한 이들이고, 지금의 만신전은 바로 그러한 시기를 한창 겪어내고 있는 중이었으니. 그들은 이미 스스로를 희생했고, 그래서 더 이상 남아 있지 않았다.

"수상하군."

잠시 멍하니 생각에 잠겼던 에르메스는 그런 혼잣말을 토해내었다.

잘 생각해 보니, '신성을 충분히 모은다'라는 기본 전제부터 만족시키기 어려운 세상이다.

신이 존재하기 위해서는 숭배해 줄 신도들이 필요하다. 홀로 완전할 수 있는 상급 신이나 악신 정도가 아니고서야, 신앙의 안정적인 수급수단이 없으면 신으로서의 존재를 유지하기도 버겁다.

한데 지금의 상황은 어떠한가. 인류종의 태반은 만마전의 악마들에게 잡아먹히고, 소수의 엘리트들이 교단으로 가 천사가 되었다. 그 외의 토착 세력 또한 거의 다 멸망했을 터. 신앙을 모은다는 것 자체가 불가능해진 환경이다.

만신전이 세상의 주류 세력에서 끌려 내려온 것도 이런 환경 탓이라 해도 과언이 아니었다. 애초에 만신전의 적, 교단과 만마전이 이를 노리고 인류종을 마구잡이로 잡아먹거나 교단으로 귀의시켜 천사로 만들어 버린 것이니.

그러한 그들의 노력은 결실을 맺었다. 기존의 신들조차 존재를 지탱할 신앙을 벌어들이는 데 고생하는 마당에, 새로운 신이 태어날 토양은 이미 사멸되었다고 봐도 무리는 아니리라.

그럼에도 불구하고 새로운 신이 태어나다니.

그것도 잡신을 건너뛰고 바로 하급 신이 된 신.

"역시 수상해."

에르메스가 누군가의 의도적인 개입을 의심하는 것도 무리는 아니었다.

안 그래도 만신전에 불온한 분위기가 만연한 상태다. 급진 세력이 독버섯처럼 자라나 신들의 리그를 장악하고 약소 세력인 인류연맹에 쳐들어가자고 하질 않나.

이런 상황에서 새로운 신?

누군가의 음모를 떠올리는 게 차라리 당연할 지경이다.

"교단 놈들의 짓인가?"

교단과 만신전은 상호 불가침 조약이 맺어진 상태다. 이 조약을 깨뜨리려면 명분이 필요하다. 그 명분을 만들어내기 위해 새로운 신을 창조해 낸다? 그게 고작 천사들에게 가능할 법 싶지만, 어쩌면 놈들은 방법을 찾아냈을지도 모른다.

교단의 배후에 유령처럼 드리워진 놈들 가운데는 만신전에 신들의 목록을 작성하는 자, 에르메스가 존재함을 아는 놈이 있었다. 에르메스는 이를 갈며 놈의 이름을 입에 올렸다.

"그 브뤼스만 라이언폴드라면 떠올릴 법도 한 계략이지."

이미 그놈은 만신전과 교단을 대상으로 한 번 악독한 모략을 펼쳤던 바가 있었다.

브뤼스만이 펼친 그 모략 탓에 적절한 때의 평화 협상은 물 건너가고, 교단과 만신전은 무의미한 전쟁을 계속해 서로를 소모시키기만 해야 했다.

그 혼란 와중에 대부분의 고대 악마들을 잃어 쇠락해 가던 만마전은 다시금 세력을 키울 기회를 얻었고, 브뤼스만의 파벌 또한 교단 내부를 파먹으며 성장했다.

"만약 이 또한 브뤼스만의 모략이라면, 그 모략의 대상은 내가 되겠군."

에르메스는 쓴웃음을 지었다. 아군이 되어줄지도 모르는 새로운 신이 나타났다. 이보다 더 가슴 뛰는 일이 있을까? 에르메스조차 처음에는 기대감을 품은 채 두루마리를 풀었지 않은가?

에르메스는 그가 섬기는 왕이 이 사실을 알게 되면 어떤 반응을 보일지 실로 손쉽게 예상할 수 있었다.

"하지만 에르메스 님……."

에르메스가 깊은 생각에 빠져 있던 동안 굳게 입을 다물고 있던 올빼미, 패트록이 조심스럽게 입을 열었다.

"그래, 나도 알고 있어. …이건 피해가기 힘든 함정이로군."

에르메스는 패트록의 말을 끊고 고개를 끄덕이며 말했다.

끝을 향해 나아갈 뿐인 이 갑갑하고 답답한 상황을 바수어낼 희망이 있다면, 그 희망이 아무리 희박할지라도 신들의 왕은 결국 그것에 매달리고 말리라.

…설령 그것이 함정임을 알게 되더라도.

* * *

내가 위화감을 처음 느낀 건, 하급 신으로의 초월을 이루고도 한참 후의 일이었다.

그동안 나는 축제, 축제, 축제를 벌였다. 일주일 밤낮으로 신도들에게 온갖 음식을 뿌리고 신앙을 모아들였다.

이진혁 시티의 모든 주민들이 나와 내게 절을 하며 음식을 받아먹곤 나를 경배했다. 소식을 들은 다른 지역의 사람들도 모여들어, 축제 막바지엔 안 그래도 메트로폴리스인 이진혁 시티가 인산인해를 이루는 상황까지 벌어졌다.

신으로의 초월은 그만큼 제정신을 차리기가 힘든 이벤트였다.

신도들의 신앙은 뿌리치기 힘든 달콤한 유혹이었으며, 안 그래도 초월을 겪느라 바닥까지 떨어져 있던 신성 또한 어차피 채워야 했다. 초월 후에 나는 식사를 필요로 하지 않는 몸이 되었지만 대신 신성의 결여를 배고픔으로 인지하게 되었다. 그래서 축제를 벌인 것이기도 했다.

다행인 건 초월로 인해 신앙을 신성으로 변환할 때 효율이 올라가 신성 회복이 전에 비해 크게 어렵지 않은 일이 되었다는 점이었다.

배고픔이 어느 정도 잦아들고 흥분도 조금 식은 후에나 나는 제정신을 차릴 수 있게 되었고, 돌이켜 보니 그동안 일주일이라는 시간이 흘러 있었다.

아무리 그래도 너무 시간을 오래 잡아먹은 거 아닐까, 하는 생각이 내 스스로도 들지만 지금 와서 자학해 봐야 결과가 바뀌는 것도 아니니 그냥 넘어가기로 했다.

뭐, 딱히 손해 본 것도 없으니 다행이지. …없겠지? 없을 거다, 아마.

아, 위화감. 위화감의 원인은 바로 이거였다.

[기적적으로 축복받은 반격의 봉화]

―분류: 방어구(Armor)

―등급: 신(God)

―내구도: 10,000/10,000

―옵션: 방어력 +30,000.

―33레벨 내열/내한/내압/내산/방진/방수/방독/방호 기능 지원. [프리 사이즈].

―투구 기능: 상시 [안정된 호흡] 제공. 심해/우주 활동 가능.

―갑옷 기능: [투명화]/[기척 차단]/[감지 회피] 활성화 가능.

―장갑 기능: [울트라 유틸리티 암]으로 변형 가능.

―부츠 기능: [울트라 터보 부스터] 기능 활성화 가능.

―날개 기능: [찰나 방향 전환] 기능 활성화 가능.

너무 오래 입고 있어서 이제는 피부처럼 느껴지는 내 방어구. 인류연맹에서 제공받아 지금까지 잘 써먹고 있는 우주복

대용 갑옷인데, 정신 차리고 보니 뭔가가 많이 바뀌어 있었다.

"왜 접두어가 하나 더 붙어 있지?"

사실 더 일찍 눈치채도 됐을 일이었다. 아이템 정보 확인을 한 번만 해봤어도 바로 알아챌 수 있었을 텐데.

바뀐 건 새 접두어가 추가로 붙은 것뿐만이 아니었다. 본래 신화급이었던 아이템 등급이 신급으로 바뀌어 있었다. 처음으로 보는 등급이었으나, 방어력과 내구도가 세 배 정도 불어난 걸 보니 더 높은 등급이리란 건 금방 눈치챌 수 있었다.

더욱이 깎여 있던 내구도도 완전히 회복되어 있었고, 다른 옵션도 더욱 상향 조정되어 있었다.

"뭐지? 왜 이렇게 됐지?"

어쩌면 내가 하급 신으로의 초월을 겪으면서 이 갑옷도 함께 변화를 겪은 걸려나? 그렇다면 아쉬운 일이다. [진리의 검]이나 다른 아이템도 몸에 두르거나 손에 들고 있었다면 같이 변화를 겪었을 테니 말이다.

그런데 그런 내 가설은 곧 거짓으로 바뀌었다.

"오오, 신이시여! 축복해 주심에 감사합니다!!"

드워프 두프르프가 웬 도끼를 들고 휘두르며 그렇게 소리를 지르고 있었다. 저건 또 왜 저러나 싶어서 물어봤더니 두프르프는 이런 대답을 했다.

"이 도끼를 신께서 맛있게 만들어주시겠다면서 신의 불에 넣어주셨잖습니까?"

"미친."

나는 나도 모르게 두프르프의 말을 끊어버렸다.

내가 그런 짓을 했었단 말이야? 내가? …아, 기억이 나는 것도 같다. 빈속에 신앙을 마구 퍼먹어 취한 김에 그런 미친 행각을 벌인 기억이…….

아냐, 그냥 기억 안 나는 걸로 해두자. 도끼를 맛있게 만들어주겠다는 미친 발언을 내가 했을 리가 없다. 그런 일은 없었다. 아무 일도… 없었다!

"신이시여?"

"아냐, 계속 말해봐."

"그런데 맛있어지지는 않고 대신 더 좋아졌습니다!"

호오?

"줘봐."

나는 두프르프에게서 도끼를 받아서 아이템 정보를 확인해 봤다.

[기적적인 강철 도끼]

그리고 그 도끼엔 어디서 본 적 있는 접두어가 붙어 있었다.

"미친."

"예?"

"아냐."

나는 도끼를 두프르프에게 돌려주었다. 그러곤 짐짓 위엄 있는 말투로 말했다.

"이 도끼는 내가 기적을 부여한 도끼니 앞으로 잘 다루도록 해라."

"여부가 있겠습니까? 가보로 삼고 두고두고 잘 모시겠습니다!"

두프르프는 환희에 차서 외쳤으나, 나는 그 외침의 내용이 마음에 걸렸다.

"아니, 쓰라고."

"외람한 말씀이오나 신이시여, 이런 성물을 제가 어찌 감히 쓰겠습니까!?"

"뭐? 성물?"

"예!"

차라리 억울해하는 두프르프의 태도에, 나는 하는 수 없이 강철 도끼를 다시 집어 그 등급을 확인해 보았다. 그러자……

―등급: 성물(Relic)

정말이었다. 평범했을 터인 강철 도끼는 이진혁교의 성물로
지정되어 버렸다.

"미친."

"예?"

"아무것도 아니야."

하긴 신화급 갑옷도 신급으로 바꿔놓는데, 일반 아이템을
성물로 바꾸는 거야 별로 놀랄 일도 아니지. 하필 성물이냐는
생각도 들긴 하지만, 뭐 어쩌겠는가.

"…그래, 너 알아서 해."

"가보로 삼겠습니다!"

"그래, 그래."

나는 그렇게 두프르프를 보냈다.

"…어?"

*　　　　*　　　　*

나는 픽 한 번 웃었다가 그 자리에 빳빳하게 굳었다. 내가
무슨 짓을 하고 만 건지 뒤늦게 눈치챘기 때문이다.

"세상에."

두프르프가 말한 '신의 불'이란 건 [이진혁의 불]일 터였다.

다른 불이 없으니까.

"그 안에 도끼 좀 넣었다 뺐다고 멀쩡한 도끼가 성물이 돼?"

[이진혁의 불]은 뭔가를 맛있게 해주는 것이 전부가 아니었단 말인가?!

도끼 앞에 붙었던 접두어도 신경 쓰인다. [기적적인]이라는 접두가 붙어 있었다. 내 갑옷인 [반격의 봉화]에 새로 붙은 접두어랑 같았다.

"…그렇다면."

나는 덜덜 떨며 [축복받은 레벨 업 쿠폰] 한 장을 인벤토리에서 꺼내 [이진혁의 불] 속에 던져 넣었다. 그러자 신성이 멋대로 줄어들더니, 쿠폰의 형상이 변했다. 전에 없던 황금빛 반짝임을 새로 얻은 쿠폰은 그 이름이 바뀌어 있었다.

[기적적으로 축복받은 레벨 업 쿠폰]
—설명: 사용하면 레벨 업을 한다. 1차 직업의 경우 6레벨, 2차 직업의 경우 2.4레벨, 3차 직업의 경우 1.2레벨 상승한다. 히든 2차 전직까지 사용할 수 있다.

와, 아이템 이름 길기도 하지. 아니, 이게 아니라.

"지, 진짜 붙었어."

[반격의 봉화]에 [기적적인]이 붙은 원인이 확실해지는 순간이자, [이진혁의 불]에 깃든 새로운 힘에 대해서 깨닫게 되는 순간이었다. 그 순간, 나는 깨달음을 얻었다.

"아, 이게 '맛있게 해준' 거구나."

요리라는 것은 무엇인가? 그것은 먹을 수 없는 것을 먹을 수 있게 해주고, 먹기 어려운 것을 먹기 쉽게 해주는 기술이다. 맛없는 것을 맛있는 것으로, 음식 쓰레기를 예술품으로 만드는 기술이라고도 할 수 있지.

그렇다면 넓은 의미에서 볼 때, 나는 이 [레벨 업 쿠폰]을 [요리한 게 아닐까? [요리의 대가가 섞여 들어간 이 [이진혁의 불]이라는 스킬로 말이다.

"개소리야!"

나는 깔깔 웃으며 쿠폰을 찢어보았다. 그러자 경험치 게이지의 12%가 쭉 차올랐다. 웃음이 딱 그쳤다.

"헉, 미친."

대박이다!

원래 경험치 게이지의 10%밖에 채워주지 않았던 [축복받은 레벨 업 쿠폰]이다. 그런데 접두어로 [기적적으로]가 붙자, 2%나 추가로 채워주게 상향되었다.

고작 2%? 아니다. 2%는 고작이 아니다. 이 2%를 올리기 위해 내가 먹어야 하는 음식의 양은 이미 집채만 해진 지 오래

다. 이제는 존재조차 않는 악마를 몇천 마리, 몇만 마리씩은 잡아야 간신히 얻을 수 있는 경험치란 말이다!

그런데 그 경험치를 그냥 쿠폰 하나 불 속에 넣었다 빼는 걸로 얻을 수 있다니!

"…굉장해."

그렇다. 굉장하다. 굉장하다고밖에 말할 수가 없다.

나는 인벤토리 안에 있는 황금 전함을 내려다보았다. 공식 명칭은 [축복받은 대지의 전함]. 여기다가 [이진혁의 불]을 끼웠으면 대체 무슨 일이 일어날까?

아니, 전함이 문제가 아니다. 당장 [기적적으로 축복받은 레벨 업 쿠폰]만 봐도 그렇다. 쿠폰에도 접두어를 붙일 수 있다는 건, 쿠폰화시킨 스킬에도 접두어를 붙일 수 있다는 소리니까.

[이진혁의 불]이 가진 잠재력은 그만큼 굉장했다.

물론 [풍요로운 대지의 힘]을 통해 땅의 힘을 이용하는 [수확의 신]에 비하자면야 한 수쯤 떨어지긴 한다. 사용할 때마다 신성을 소모하니 말이다.

"그래도 이게 어디야."

하지만 이게 어딘가.

나는 주먹을 꽉 쥐고 부들부들 떨었다. 떨리는 건 환희와 기대감 때문이었다.

이걸로 나는 더 강해질 수 있다.

"후후후후후⋯ 크크크크큭⋯⋯. 아하하하하하핫!!"

긴 웃음이 저절로 터져 나왔다.

"오오, 신께서 기뻐하신다!"

"신이시여! 신이시여!"

"이진혁 님 만세!!"

내가 갑작스럽게 웃음을 터뜨렸음에도 불구하고, 아직 내 주변에 남아 있던 신자들은 날 이상하게 보기는커녕 갑자기 날 경배하기 시작했다.

하긴 이러니 신자지. 신자가 신에 대해 이성적으로 판단할 수 있을 리 없지 않은가? 그런 시니컬한 생각이 드는 것도 잠시.

"그래, 축제다! 기쁜 일이 있으면 축제를 벌여야지!!"

뭐 어때! 즐기자!

"이진혁 님! 월드 투어 준비가 끝났습니다!!"

딱 좋을 때 테스카가 와서 내게 그런 말을 했다. 그러고 보니 그랑란트에 도착한 첫날 그런 이야기를 했었던 것도 같다.

"오, 딱 좋군! 출발하자!!"

응? 내가 월드 투어를 질색했다고? 내가? 언제?

내 신도들 보러 가는 걸 내가 질색할 이유가 없지 않은가?

"와하하하하! 가자, 가자!!"

그렇게 나는 다시 정신 줄을 놓기로 했다.

      *   *   *

도관법인 천계.

도관법인이라는 단체명에서 짐작할 수 있듯, 주로 신선과 도사들이 소속되어 있는 세력이다.

본래는 약소 세력 중 하나였으나 교단과 만신전의 전쟁을 틈타 세력을 쭉쭉 키워 어느새 중견 세력으로 뛰어오른 신흥 강자였다.

그러나 승승장구할 것 같던 천계의 앞날에도 먹구름이 끼기 시작했는데, 만신전과 교단이 휴전협정을 맺고 나자 성장 동력을 잃어버렸고 만마전이 크게 세력을 넓혀 정복 활동을 벌이는 와중에 인류종이 갈려 나가 버린 것이 그 원인이었다.

천계에 있어 인류종은 일종의 인재 팜이라고 할 수 있었다. 인류종 중에 도를 닦아 도사가 되고 신선이 되어 등선하면 그들이 천계의 일원이 되니 말이다. 동시에 인류종은 요선(妖仙)이 잡아먹고 클 중요한 식량자원이기도 했다.

그런데 그 인류종이 절멸에 가까운 상태에 놓였으니, 천계에 새로이 올 인재들 또한 말라붙어 인구 성장에 큰 지장을 빛을 수밖에 없었다.

도관법인이라는 말도 안 어울리게, 현재 천계엔 단 한 명의 도사도 존재하지 않는다. 모두가 등선을 완료해 신선이 되어버렸기 때문이다. 그리고 그 신선들도 모조리 수행을 마쳐 성장 한계에 걸려 버린 상태였다.

결국 세력의 성장을 위해서는 새로운 세대의 등장이 필요한 시점인데, 그게 막혀 버리니 성장 또한 멈추는 게 당연했다.

"우리가 진짜 신선놀음이나 할 거면 이런 현실도 그냥 받아들이겠지만."

대신선 괴월이 중얼거렸다.

"그냥 직업을 도사 계열로 타고, 종족이 신선인 거에 스킬을 도술 계열로 익힌 거에 불과하지. 진짜로 신선놀음이나 즐기는 건 아니라고."

대신선 괴량이 받아 말했다.

대외적인 이미지는 인세에 초탈한 무릉도원으로 잡고 있고 그러한 컨셉으로 이득도 적지 않게 봤지만, 실상은 그냥 다른 세력과 크게 다르지 않은 플레이어의 이익집단인 게 바로 도관법인 천계라는 세력이 가진 딜레마였다.

"그렇다 보니 우리 세력이 이대로 쇠락하는 걸 두고만 보긴 께름칙하단 말이지. 우리도 뭐라도 좀 주워 먹고 커야지."

대신선 괴월과 괴량은 천계에서 꽤나 발언력이 센 편이었다.

도관법인 천계라고 모두 괴월이나 괴량처럼 속물적인 건 아니었다. 당연히 진짜 신선 출신 플레이어도 있고 그냥 신선인 존재도 있지만, 그들은 신선질 하느라 세속적인 정치질에 끼어들지 않는다.

그렇기에 실제적으로 도관법인 천계를 움직이는 실세들은 대부분 속물적인 플레이어였다.

여기 있는 괴월이나 괴량처럼 말이다.

그러한 천계의 속사정상, 마구니들이 뒷공작을 시작하자 속물적인 요선들이 거기에 편승해 결국 천계 전체가 인류연맹에의 침략을 결의하는 데는 그리 오랜 시간이 걸리지 않았다.

그런 시도를 중간에 알아차린 교단이 개입만 하지 않았다면 말이다.

천계의 수뇌부는 속물적이기에 자신들보다 강력한 세력인 교단의 압력에 쉽게 굴복했다. 이득이 되지 않는다고 판단하자마자 그들은 인류연맹에의 침략 계획을 백지로 돌렸다.

괴월, 괴량.

두 대신선은 다른 누구보다도 인류연맹에의 침략에 적극적이었다. 마구니들에 의해 조종당하는 이들은 자신들의 배후를 숨기기 위해 상대적으로 소극적으로 움직일 수밖에 없었지만, 이 두 대신선은 거리낄 게 없기에 더더욱 강력하게 타세력에의 침략을 주장했었다.

두 대신선은 교단의 압력에 굴복한 수뇌부의 결정에 반발했으나, 대세를 거스를 수는 없었다.

그렇게 제대로 욕망을 불태워 보지도 못하고 주저앉은 탓에 욕구불만에 휩싸여 안절부절 못하던 두 대신선의 앞에 어떤 투서가 날아들었다.

그 투서의 내용은 다음과 같았다.

"새로운 신이 탄생했다… 라."

괴월은 투서를 들여다보고 고개를 갸웃거렸다.

"어떻게 생각해, 형? 이게 진짜일 거 같아?"

괴월에게서 형이라 불린 대신선, 괴량은 괴월과 마찬가지로 고개를 갸웃거렸다.

"글쎄다. 이 한 줄만으로는 뭐라고 말하기 애매하군."

만신전에 파견된 첩보원이 보내온 투서의 내용은 그 정도로 빈약했다. 중요한 소식이니 일단 전달은 했지만, 자세한 정보 수집은 못 한 모양이었다.

"하지만 만약 진짜라면 우리도 가만히 있을 수 없지. 신은 그냥 태어나지 않으니."

"그래, 신앙을 먹고 자라는 것이 신이니까. 그리고 그 신앙은 인류종으로부터 얻을 테니……."

"즉, 새로운 신이 나타났다는 건 곧 그 신을 믿는 인류종이 존재한다는 뜻이기도 하지."

괴월과 괴량의 눈이 욕망의 빛으로 물들었다. 그들 형제는 본래 요선이었던 자들로, 다른 요선들에게도 그렇듯 그들도 인류종을 잡아먹어 힘을 얻는다.

"굉장히 유혹적이군."

"괜찮은 이야기엔 항상 함정이 도사리고 있지."

"너도 그렇게 생각하나?"

"형도 그렇게 생각해?"

두 형제는 마주 고개를 끄덕였다.

"그냥 지나치기엔 지나치게 유혹적이야."

"그건 나도 동감이야."

두 형제는 다시 한번 마주 고개를 끄덕였다.

"움직여 봐야겠군."

"움직여 봐야겠어."

두 형제의 뜻이 일치했다.

*　　　　*　　　　*

만신전.

신들의 영역인 이곳에도 밤은 찾아온다. 원한다면 1년 내내도 날 밝은 채 지낼 수 있으나, 달의 여신이나 밤의 신이 하루의 절반을 달라며 교섭한 끝에 만신전의 하루에 낮과 밤이 생겨나게 되었다.

따라서 잠들지 않아도 되는 신들 또한 옛 예법에 따라 밤에는 잠이 든다. 그것이 꿈의 신과 휴식의 신에 대해 응당히 보여야 하는 경의이기에.

그러나 여기에 그 예법을 지키지 않은 신이 있었다.

깊은 밤. 누구나 다 잠든 시각. 에르메스는 날개를 퍼덕이며 돌아온 올빼미 페트록을 맞이해 어깨에 앉혔다.

"성공했습니다, 에르메스 님."

페트록의 속삭임에, 에르메스는 안도의 한숨을 내쉬었다.

"잘했다. 아니, 고맙다. 페트록."

잘한 짓은 아니었다. 만신전의 정보를 다른 세력에 유출한 건 심각하게 보면 배신행위로마저 해석할 수 있으니. 그러나 페트록은 그 위험을 감수하고 에르메스를 위해 그 잘못된 행위를 저질러 주었다. 그러니 에르메스가 페트록을 위해 취해야 할 행동은 치하가 아닌 감사였다.

"별말씀을요, 에르메스 님. 이것 외에 다른 선택이 없었음을 저 또한 이해하고 있습니다."

에르메스가 기특한 페트록의 미간을 손가락으로 쓰다듬어 주었다. 그러자 페트록은 기분 좋은 듯 꾸루룩거렸다. 잠깐 미소 지었던 에르메스의 얼굴에는 다시금 수심이 어렸다.

"…이걸로 적어도 나 혼자 뒤집어쓰지는 않게 되겠지."

도관법인 천계에 새로운 신의 출현에 대한 정보를 흘린 건 다름 아닌 에르메스였다. 만약 이것이 진짜 함정이라면 천계의 신선들이 먼저 밟고 불벼락을 맞아줄 테고, 아니라 하더라도 크게 바뀌는 것은 없다.

적어도 에르메스는 그렇게 생각했다.

*   *   *

[이진혁의 불]의 진가를 깨달은 후 한 일은 당연히 나 자신을 맛있게 만드는 거였다.

그러나 아쉽게도 나는 맛있어지지 않았다.

아니, 이게 아니라.

굳이 풀어서 말하자면, [이진혁의 불] 속에 들어앉아 전신을 활활 불태우는 상태로 세계의 주요 도시를 돌면서 신도들에게 음식을 뿌리고 찬양을 받는 광란의 시간이 어느덧 한 달 가깝게 지났음에도 내게는 아무런 변화가 일어나지 않았다.

그제야 나는 내가 세운 가설이 참이었음을 증명할 수 있었다.

"역시 그랬군. 나는 이미 맛있어진 상태였어."

이것이 결론이었다.

조금만 더 풀어서 설명하자면…….

[풍요로운 대지의 힘]과 [수확의 신]만으로 내 몸에 일어난 대격변으로 칭해 마땅할 거대한 변화를 설명할 수는 없었다.

거기에 추가적으로 [이진혁의 불]이 불러일으킨 기적이 합쳐져서야 비로소 나는 잡신에서 하급 신으로의 초월을 겪을 수 있게 된 것이리라.

아마 벌레 태워 죽인다고 몸 주변에 둘러놓았던 [이진혁의 불]이 화근이겠지. 이런 경우 재앙 화 자가 아니라 불 화 자를 써서 화근이라 하면 되려나? 핫하하.

…아무튼.

이제야 이러한 결론을 내린 이유는 그동안 살짝 제정신이 아니었기 때문이다. 아니, 그걸 살짝이라고 표현하는 것에 대해서 약간 양심의 가책이 느껴지긴 하지만 그렇다고 굳이 진실을 누구에게 고해야 할 것도 아니니 그냥 그렇다고 해두도록 하자.

월드 투어는 재미있었다. 처음에 왜 그렇게 질색했는지 이해가 안 됐을 정도로 말이다. 몸은 힘들었지만, 사실 이제 육체 피로는 신경 쓰지 않아도 되는 몸이 되어버리기도 했고. 강건이 999+라서? 그것도 있지만 그건 부가적인 이유에 불과하다.

왜냐면 신이니까.

7성급의 요리보다도 나를 향한 신자들의 신앙이 더욱 달콤한, 나는 그런 존재가 되었다. 그래도 존재의 기반이 육신에 있던 잡신과는 다르다. 지금의 나는 육신 좀 잃는다고 존재의 흔들림을 겪는 그런 어중간한 존재가 아니다.

그래, 맞다. 이로써 나는 신이 되었다. 잡신이 아니라 진짜 신. 하급 신이긴 하지만 잡신과는 다르다. 잡신과는. 시스템도 인증했다.

보라. 상태창을 켜보니 [세계] 탭 옆에 [신] 탭이 새로 생겨 있지 않은가?

나는 [신] 탭을 클릭해서 정보를 확인해 보았다. 내 생각대로 기존에 보던 신앙과 신성 상태, 그리고 [이진혁교] 종교 정보도 [신] 탭으로 다 옮겨져 있었다. 새로운 항목도 있었는데, 천사와 악마 리스트가 그거였다.

"과연."

이게 루시퍼엘라와 비토리야나가 그렇게 원하던 거였겠지?

재미있게도 리스트에 이미 이름이 올라간 인원이 보였는데, 그게 케이와 테스카였다. 케찰코아틀과 테스카틀리포카라는 정식 명칭으로 올라가 있었고, 둘 다 천사로 분류되어 있었다. 이 둘은 원래 내 권속이었으니 내가 하급 신이 되면서 자연히 천사 명칭을 얻게 된 듯했다.

그래서 아쉽게도 루시피엘라와 비토리야나에게 내 첫 천사라는 칭호를 부여하는 건 불가능하게 됐다. 아쉽게 됐군.

"루시피엘라, 비토리야나."

나는 둘을 불렀다. 내 가까이에서 대기하고 있었던 듯, 둘은 금방 모습을 드러냈다.

"예, 이진혁 님."

"오매불망 기다렸어요, 서방님."

그렇게도 오랜 꿈이자 간절한 바람이었음에도 둘은 월드투어를 즐기는 내 흥을 깨지 않으려고 굳이 날 채근하지 않은 모양이었다. 내가 이미 하급 신이 되어 천사를 임명할 수 있는 권한을 손에 넣었음을 잘 알고 있었을 텐데도 말이다.

기특하기도 하지.

어쨌든 나는 새로이 [신] 탭을 손에 넣었고 천사 임명권을 손에 넣었음을 굳이 둘에게 설명해 준 후에, 이렇게 물었다.

"그냥 너희 둘을 내 천사로 임명하면 되는 거야?"

"그렇습니다."

"맞아요, 서방님."

둘은 거의 동시에 대답했다. 평소라면 일어나지 않을 일이다. 루시피엘라가 비토리야나의 기색을 살피고, 그녀가 입을 열면 자신은 입을 닫아 배려했을 테니까. 하지만 이번만큼은 그러지 않았다는 건 루시피엘라 역시 그만큼 간절하다는 거겠지.

그때, 나는 문득 호기심이 들었다.

"내가 너희 둘을 천사로 임명하면 뭐가 어떻게 되는 거지?"

루시피엘라는 비토리야나에게 한 번 시선을 줬다가, 먼저 입을 열었다.

"저는 드디어 그 저주받을 타천사의 낙인을 지우고 새로이 이진혁 님의 천사로서 다시 태어나게 됩니다. 그리고……."

"저 또한 고대 악마의 낙인을 없애고 이진혁 님만의 천사가 되겠죠."

"낙인이라……."

내 기억에, 타천사와 고대 악마는 종족 항목에 위치해 있을 터였다.

"그럼 너희에게 타천사랑 고대 악마 종족값은 필요 없겠네?"

"필요했던 적은 단 한 번도 없어요!"

"지금 당장에라도 저주를 지우고 싶은 게 본심입니다."

그렇단 말이지. 나는 싱긋 웃었다.

"그럼 그거 나 주라."

"네?"

"예?"

둘은 동시에 되물었다. 뭐야, 그렇게 의외였나?

"내가 브뤼스만에게서 [티켓 발행인] 고유 특성을 [착취의 권능]으로 뜯어온 건 알고 있지? 그걸로 종족도 티켓화시켜서 가져올 수 있어. 브뤼스만에게서 뜯어내 봐서 잘 알지."

"아, 그렇군요."

루시피엘라는 납득한 듯 끄덕였지만, 비토리야나는 달랐다.

"그, 그런 거였으면 진작 해주셨으면 좋았을 텐데!"

"아뇨, 그렇지 않습니다."

비토리야나의 항의에 대한 대꾸는 의외로 루시피엘라 쪽에서 나왔다.

"비토리야나, 당신은 뭔가 착각하고 있습니다. 그저 타천사가, 그리고 악마가 아니게 되는 걸로는 부족합니다."

"뭐야, 루시피엘라. 너도 그럴 생각으로 브뤼스만을 따른 거 아니었어?"

"그랬죠. 오직 그것만이 타천사라는 낙인에서 벗어날 수 있는 유일한 방법이라고 믿었던 때는. 하지만 지금은 다릅니다. 그보다 더 나은 선택이 생겨났으니까요."

루시피엘라의 시선이 나를 향했다. 그 시선의 끝을 따라, 비토리야나의 시선도 내게 닿았다.

"…그렇네. 그렇군요. 맞아."

비토리야나의 시선에도 어떤 열망이 피어오르기 시작했다.

이 분위기 뭐지? 좀 부담스러운데.

"아무튼 둘 다 동의하는 거지?"

나는 깊게 생각하지 않기로 했다.

"네!"

"예!"

둘이 목소리가 딱 겹쳤다. 대답은 좋네.

"그래, 좋아. 그럼 시작하자."

그럼 먼저.

"루시피엘라. 너는 타천사의 종족값을 내게 쿠폰으로 제공하는 것에 동의하느냐?"

"네. 동의합니다."

"비토리야나. 너는 고대 악마의 종족값을 내게 쿠폰으로 제공하는 것에 동의하느냐?"

"물론이에요, 서방님."

"좋다. 이것으로 [쿠폰 발행인]의 특성 발동 조건은 만족되었다."

다음.

"루시피엘라, 너는 내 천사가 되겠느냐?"

"네, 이진혁 님. 저는 당신을 따르겠습니다."

"비토리야나, 너는 내 천사가 되겠느냐?"

"당연히! 그리하겠어요. 서방님."

구두계약이지만, 이로써 계약은 이뤄졌다.

나는 루시피엘라와 비토리야나를 내 천사로 임명했다. 그후, 곧장 [쿠폰 발행인] 특성을 발동해 둘의 종족값을 쿠폰으로 만들어 뽑아내었다.

"됐다. 이제 너희는 내 천사다."

나는 공중에 펄럭이던 쿠폰 두 장을 잡아채며 말했다. 티켓의 정체는 당연히 [고대 악마 티켓]과 [타천사 티켓]이었다.

그러자 내게서 신성이 빠져나가며, 내 신으로서의 힘이 불이라는 형태로 둘을 감싸 안았다. [이진혁의 불]도 아니고, 진짜 불도 아니다. 굳이 이름을 붙이자면 성령의 불이라고 해야 할까. 그 신성한 불길이 둘을 불태우기 시작했다.

"오, 오오오⋯⋯."

"하악, 하아아아⋯⋯!"

그러나 불타고 있는 이들의 입에서 흘러나온 건 고통의 비명이 아니었다. 오히려 그것은 황홀경에 취한 신음 소리와도 같았다.

나는 내 신력이 그들의 존재 그 자체를 뒤바꾸고 있음을 직감적으로 알아챘다.

얼마나 지났을까? 아마도 불과 몇 초밖에 지나지 않았을 것이다. 완전히 불길이 걷힌 후 드러난 그들의 모습은 이전과는 완전히 달라져 있었다.

"거의, 지구인이군."

뿔도 날개도 달리지 않은, 겉보기엔 그냥 나랑 같은 인간이었다. 그럼에도 불구하고 거의, 라고 말한 이유는 있었다. 머리 위로 활활 타오르는 불꽃이 그 이유였다.

진짜 불꽃인 건 아니라 머리카락에 불이 붙는다거나 하는 불상사는 빚어지지 않았으나, 밤엔 좀 밝을 것 같았다.

그렇게 새로이 내 천사가 된 루시피엘라와 비토리야나는 내 앞에 부복했다.

"거두어주심에 감사드립니다, 주여."

"감사, 감사드립니다. …주여."

응? 주여? 호칭도 호칭이지만, 그뿐만이 아니었다. 루시피엘라야 그렇다 치지만, 비토리야나의 시선에서 항상 느껴지던 익숙한 끈적함이 가셔 있었다.

"서방님이라 안 불러?"

"…제, 제가 어찌 감히……."

내 물음에 비토리야나는 그 자리에서 파들파들 떨기 시작했다.

"얘 왜 이래?"

"주의 천사인 비토리아냐가 감히 주께 음심 같은 죄스러운 감정을 품는 것이 용납될 수 있을 리 없지 않습니까? 만약 그렇다면 그녀는 바로 타락해 버리고 말 것입니다."

이미 천사를 해 본 적이 있는 루시피엘라가 그렇게 설명해 주었다.

"아아, 이 날을 얼마나 기다렸는지 모릅니다. 타천한 후 섬길 주를 잃어 그 어떤 기쁨도 즐거움도 느끼지 못한 세월이 얼마나 길었는지. 이제야 집으로 돌아와 깨끗하게 씻고 침대에 누워 이불을 덮은 기분이로군요."

그동안 다소 금욕적으로 보였던 루시피엘라는 간 곳 없었다. 그녀의 얼굴에는 홍조마저 드리워져 있었다.

아무래도 그녀는 금욕적이었던 게 아니라, 그냥 이제까지는 욕망을 느끼지 못했던 몸이었던 것 같았다.

"이제 저희는 주의 천사이니. 오직 주를 따르는 것만이 저희의 기쁨이고 즐거움입니다. 부디 어떤 지시라도 내려주십시오. 성을 다해 따르겠나이다."

음, 이거 아무래도 [기아스] 걸린 거랑 비슷한 상태인 거 같은데. [나를 따르라] 같은 명령을 받았을 때랑 거의 유사한 반응이다.

"저, 저도 그러하나이다!"

비토리야나도 급히 이어 말했다. 평소의 루시피엘라, 비토리야나가 서로 뒤바뀐 것 같아서 재미있긴 하다. 좀 낯설긴 하지만 말이다.

"흠, 뭐 그래. 좋아."

어쨌든 좋아하니 다행이다. 적어도 루시피엘라는 말이다. 비토리야나는 아직 좀 적응을 못한 것 같지만 시간이 해결해 주겠지. 시간이 흘러도 불만이 있다면 물러도 되는 일이니까.

"그런데 주여, 히든 전직 퀘스트라는 게 떴습니다만."

루시피엘라가 말했다. 꽤나 갑작스러운 발언이었다.

"뭐? 뭔데?"

"[이진혁의 천사]라는 직업으로 전직할 기회가 주어지는 퀘스트라고 합니다."

[이진혁의 천사]가 직업명이야? 그것도 히든 전직이라고? 나는 좀 어이가 없었다.

"저, 저도 같은 퀘스트를 받았나이다. 주여."

비토리야나도 더듬더듬 내게 고했다.

음, 이런 비토리야나도 신선해서 좋다. 물론 이 신선함보다 더 마음에 드는 건 그녀가 내게 더 이상 끈적이는 시선을 보내지 않는다는 점이었다.

"궁금하군. 한번 진행해 봐."

아마 히든 1차일 텐데다 직업명부터가 [이진혁의 천사]니 아마도 내게 유용할 일은 없을 테지만, 그래도 히든은 히든이다. 통상 직업보다야 강력할 것이 틀림없었다.

"뭐, 설령 별 도움이 안 되는 직업이라도 초기화시키고 기존 직업으로 돌아오면 되니까."

원래는 직업 초기화는 꽤 곤란한 작업이라고들 하지만 [쿠폰 발행인]으로 직업을 지우고 레벨도 쿠폰으로 뽑아내면 그게 초기화다. 호기심으로 진행시켜도 손해는 아니리라.

"알겠습니다. 진행하겠습니다."

"저, 저도……."

시스템을 조작하는 듯 눈동자를 움직이던 루시피엘라가 문득 다시 입을 열었다.

"퀘스트의 첫번째 내용으로 성지순례가 떴습니다만……. 완료됐습니다."

아, 그렇지. 이진혁교의 성지는 이진혁 시티였지. 체념해서 그런지 이제는 도시의 이름을 떠올리는 게 그다지 괴롭지 않게 됐다. 익숙해진다는 건 무섭다.

"다음은… 불신자의 앞에 나아가 이진혁교를 전도하라고 합니다."

이제는 내 영역이나 다름없는 그랑란트 세계에도 이진혁교를 믿지 않는 무리가 존재한다고 테스카가 말한 바 있다.

물론 성지 이진혁 시티 주변에서 찾아보긴 힘들 테지만 변방에는 불신자 무리가 있을 터였다.

"좋아, 휴가를 주지. 다녀오도록 해."

Chapter 8

내 말을 들은 루시피엘라는 공손히 고개를 숙이며 답했다.

"알겠습니다. 명령에 복종하겠습니다."

그렇게 말하는 루시피엘라의 눈은 반짝이고 있었다. 그런 그녀의 반응에 약간 소름이 돋은 나머지, 나는 이렇게 말하고 말았다.

"하기 싫으면 안 해도 돼."

그리고 이건 명백한 나의 실수였다. 왜냐하면 루시피엘라가 곧장 이렇게 내게 요구했기 때문이다.

"부디 명령해 주십시오."

아니, 굳이 분류하자면 부탁이라고 해야겠지만 내가 괜히 요구라 표현한 게 아니다. 그만큼 내가 받은 압박감이 컸다.

"잘, 잘 다녀와."

"알겠습니다. 반드시 성과를 거두고 돌아오겠습니다."

"다, 다녀오겠습니다."

루시피엘라가 먼저 나서고, 비토리야나가 그 뒤를 따랐다. 어째 루시피엘라와 비토리야나의 입장이 역전되어 버린 것 같아 보고 있자니 흥미로웠다.

보아하니 아무래도 비토리야나도 바뀌어 버린 루시피엘라의 모습에 다소 위축된 반응을 보이고 있는 것 같아 이상한 동질감 비슷한 게 느껴졌다. 이전까지라면 절대 느끼지 않았을 종류의 감정이었기에, 나는 기묘한 신선함을 느꼈다.

*   *   *

교단의 임시 총통인 잭 제이콥스로부터 연락이 온 건 그날 오후의 일이었다.

—오랜만입니다. 이진혁 님.

"오랜만? 아, 오랜만이지. 그래."

나는 잭 제이콥스의 말에 잠깐 갸우뚱했다가 곧 알아듣고 고개를 끄덕였다.

전함을 타고 가속하고 있는 동안 시간의 흐름이 달라진다느니 뭐 어쨌다느니 그런 소릴 비토리야나가 했었지. 잘 알아듣지는 못했지만.

어쨌든 내가 느낀 것과는 달리 잭 제이콥스의 입장에선 시간이 많이 흐른 게 아마 맞을 거다.

"아무튼 교단의 임시 총통께서 어인 일로?"

내 농담 섞인 말에, 잭 제이콥스는 짐짓 엄숙한 말투로 이렇게 말했다.

―저 이제 임시 총통 아닙니다.

오? 하긴 임시직이면 쫓겨날 때도 되긴 했다. 시간도 꽤 오래 지났고.

"그럼?"

그런 내 예상과 달리, 나의 되물음에 돌아온 대답은 의외의 것이었다.

―총통이죠.

잠깐 사고가 멈췄다. 잭 제이콥스의 말뜻을 제대로 이해하는 데에는 몇 초 정도 시간이 필요했다.

"아, 정식으로 당선된 거야?"

―이게 다 이진혁 님 덕입니다. 브뤼스만을 잡아온 게 민심을 결집시키고 표를 모으는 데 큰 역할을 했거든요.

아, 그게 그렇게 되나?

만마전에서 우연찮게 악마 제국의 배후로 도사리고 있던 브뤼스만과 조우하고 싸워 이긴 후 제압해 교단에 넘겨준 건 나지만, 내게서 놈을 넘겨받아서 교단으로 압송한 건 잭 제이콥스다. 그리고 사람은 자신의 눈으로 본 걸 믿는 경향이 있다.

교단의 대중들이 그 광경을 매우 인상적으로 받아들였고, 그래서 그 이미지가 투표에까지 반영됐다는 이야기다.

그런 의미에서 보자면 차원문까지 열어가며 브뤼스만을 얼른 받아간 잭 제이콥스의 수고는 헛되지 않았다. 오히려 매우 이득 보는 장사였다고도 평할 수 있겠다.

물론 내 쪽이라고 손해 본 건 없다. 잭 제이콥스에게 브뤼스만을 넘김으로써 교단으로부터 보상도 받아냈으니까. 나와 우호 관계에 있는 잭 제이콥스가 교단의 실권자가 된 것도 나쁜 일이 아니다.

그럼 누가 손해냐고? 그야 브뤼스만이지.

"그래, 그렇게 됐군. 축하해."

그렇기에 나는 마음에서부터 우러난 축하의 말을 꺼냈다.

―감사합니다.

하지만 잭 제이콥스의 목소리는 상대적으로 건조했다.

"뭐 다른 용건이라도 있는 거야?"

―네. 중요한 용건이죠.

잭 제이콥스가 심호흡을 하는 소리가 통신기 너머로 들렸다.

―브뤼스만 라이언폴드의 사형 집행 일시가 정해졌습니다. 처형인은 이진혁 님으로 지정되었습니다. 약속드렸던 대로요.

그러고 보니 그랬었지. 브뤼스만에겐 아직 빼먹을 게 남아 있었다. 바로 놈의 숨통을 끊고서 얻을 수 있는 포지티브 카르마가 그거였다. 그걸 노리고 잭 제이콥스에게 브뤼스만을 처형할 권리를 내게 넘겨주길 부탁했었는데 안 잊어버리고 잘 챙겨놨던 모양이다.

"그거 잘 됐네. 고마워."

―약속이었으니까요.

그야 그렇지만, 세상에 약속을 안 지키는 인간이 얼마나 많은데.

"그래, 언제 가면 돼?"

그런 내 질문에 대한 잭 제이콥스의 대답은 의외의 것이었다.

―좌표를 주시면 그 지점으로 직통 차원문을 열어드릴 테니 편하실 때 오시면 됩니다.

"응? 내가 시간 맞춰 가야 되는 거 아냐? 집행 일시가 정해졌다며?"

─그 일시를 이진혁 님의 의사에 맞추는 걸로 정해졌습니다.

되게 배려 많이 해주네. 나쁜 기분은 아니다.

"아, 정말로? 그럼 아무 때나 가도 되는 거야?"

─물론 제 임기 동안으로 한정되어 있지만요.

잭 제이콥스는 농담처럼 덧붙였다.

"임기? 언제까진데?"

─앞으로 4년입니다. 재선에 성공하면 더 늘어나겠지만요.

"그렇군."

나는 생각하는 척 굴다가 씩 웃으며 말했다.

"바로 가지."

브뤼스만에게 시간을 줘서 희망 고문을 하는 것도 괜찮겠지만, 세상일이란 게 모르는 거다. 그냥 변수 없이 바로 처치해버리는 게 나한테도 좋고 교단에도 좋고 브뤼스만에게도 좋겠지. 브뤼스만에게 좋다는 건 좀 마음에 안 들긴 하지만 그거야 감수하자.

─알겠습니다. 그런데 저희도 준비가 필요하니 일주일 정도만 기다려 주셨으면 합니다.

아무리 재판이 끝났다지만 번갯불에 콩 구워 먹듯 브뤼스만 목을 치고 바로 끝낼 순 없겠지. 나름 준비가 필요하다는 건 이해가 간다.

"알았어. 일주일 후에 가도록 하지."

―배려해 주셔서 감사합니다. 그런데 이번엔 몇 분이나 오시죠?

잭 제이콥스의 질문에 나는 뒤늦게 생각했다. 이제까진 어딜 가도 안젤라와 키르드 정도는 데려갔지만, 이번엔 나 혼자 움직여도 괜찮겠지. 딱히 싸우러 가는 것도 아닌데.

"나 혼자."

―알겠습니다. 그럼 그렇게 준비하겠습니다.

뭘 준비한다는 거지? 아, 차원문을 통과하는 인원을 역산해야 되는 거려나. 나는 대충 넘어가기로 했다. 사실 그리 중요한 질문도 아니었다.

"알았어. 그럼 일주일 뒤에 보자고."

―예, 일주일 뒤를 고대하고 있겠습니다.

고대까지야. 나는 잭 제이콥스의 거창한 어휘에 헛웃음을 터뜨리곤 통신을 마쳤다.

*   *   *

그런 통신을 한 지 정확히 일주일 후 교단으로 향하는 차원문이 열렸다.

차원문을 연 위치는 멀리도 아니고 딱 내 집무실, 이진혁 월드 타워의 최상층이었다. 내가 좌표를 쏴준 게 여기였으니 당연하다면 당연하다고 할 수 있겠다.

"오랜만입니다, …이진혁 님."

그리고 나를 데리러 온 사람은 바로 교단 총통 잭 제이콥스 본인이었다.

"총통이 자기 자릴 비우고 이런 변경세계에 막 와도 돼?"

"아무 용건도 없다면 당연히 안 되죠. 하지만 이진혁 님, 당신을 모시러 오는 데는 저 외에 다른 적임자가 없습니다."

왠지 이런 이야기를 한 번 나눈 것 같은 기분이 들지만, 굳이 짚지는 않았다.

"그런데 이진혁 님, 뭐랄까……."

아, 깜박했다. 내 집무실로 차원문을 연다는 건 차원문으로 오는 사람에게 내 집무실을 보여주게 된다는 걸.

"아, 그래. 너무 화려하지? …내가 만들라고 한 건 아니야."

나는 작은 목소리로 변명하듯 대꾸했다. 왠지 부끄러웠다. 아니, 사실 대놓고 부끄러웠다. 마치 자랑하려고 이 방 좌표 던져준 것 같잖아!

"그야 그렇겠죠. 이진혁 님께서 사치와 향락에 빠진 광경은 상상하기조차 어려우니까요."

"…대체 네 머릿속에서 나는 어떤 이미지인 건데?"

"완전무결한 영웅이죠."

아무 망설임도 없이 그런 대답을!

하지만 나도 이전까지의 내가 아니다. 날 좀 띄워준다고 쑥스러워하거나, 그럴 단계는 이미 지났단 말이다!

날 신으로 모시며 떠받드는 신도들 사이에서 지낸 지도 벌써 몇 주나 지났는데 칭찬에도 익숙해질 만하지.

"……."

아니, 역시 부끄럽잖아. 상대가 내 신도면 상관없는데 잭 제이콥스한테 이런 소릴 듣는 건 역시 낯 뜨거웠다.

"그런데 이진혁 님, 제가 드리려던 말씀은 이 집무실에 관한 게 아닙니다."

타이밍 좋게 잭 제이콥스가 먼저 화제를 전환해 주었다.

"그럼 뭔데?"

"못 보던 사이에 많이 바뀌셨군요. 숨이 멎는 줄 알았습니다."

"왜? 뭐가?"

"더 존엄하고 아름다운 모습이 되셨습니다."

아……. 이건. 위엄이랑 매력을 999+로 올린 영향이겠군. 아무리 그래도 그렇지 남자한테 아름답다가 뭐야. 그렇다고 이걸 짚고 넘어가며 태클 거는 건 영 아닌 것 같아서 나는 그냥 웃고 넘기기로 했다.

"얼른 가기나 하지?"

나도 모르게 하는 말에 가시가 돋쳐서 별로 웃고 넘어가는 분위기가 아니긴 했지만 뭐 어쩌겠는가. 잭 제이콥스도 뒤늦게 자신의 실수를 깨달은 듯 잠깐 아차 하는 모습을 보였지만, 내가 그냥 빨리 가자고 손짓을 하자 다른 언급 없이 내 앞에 손을 내밀었다.

"그럼 모시겠습니다."

오기 전보다 한층 더 공손해진 잭 제이콥스와 함께 나는 교단으로 향하는 차원문을 넘었다.

*   *   *

"부디 너무 놀라지 마시기 바랍니다."

차원문을 넘기 직전, 잭 제이콥스는 내게 그렇게 말했다. 이럴 거면 미리 알려주지. 나는 뒤늦게 그를 원망했다.

"인류연맹의 영웅왕 폐하께서 유일 교단에 당도하셨나이다!!"

내가 차원문을 넘자마자 내 앞에 빨간 융단이 촤르륵 깔리더니, 목청 좋은 누군가가 이렇게 외쳤다. 그게 미리 정해진 신호이기라도 한 듯 팡파르가 울려 퍼지더니 예포가 펑펑 터졌다.

예포에 담긴 꽃잎들이 하늘하늘 떨어져 내리는 가운데, 화려한 복장의 의장대가 나서서 절도 있는 동작으로 깃발을 차르르륵 올려 내 앞에 길을 열어주었다.

"가시죠."

잭 제이콥스가 내 앞에 손을 내밀어 말했다.

"어디로?"

"시민들이 기다리고 있습니다."

"뭐? 누굴? 나를?"

대답은 돌아오지 않았다. 아무튼 가라니 가야지, 뭐. 나는 융단 위를 걸었다. 끝까지 가보니 무슨 단상 같은 곳으로 연결되어 있었고, 내가 단상에 오르자 다시 한번 팡파르가 울려 퍼졌다. 그 직후, 사람들의 환호성이 터졌다.

"와아아아아아아!!"

뭐야, 왜들 이래? 내가 다소 당황해 잭 제이콥스를 돌아보았더니, 잭 제이콥스는 흐뭇하게 웃으며 말했다.

"시민들이 영웅왕 폐하를 환영하고 있습니다. 화답해 주시죠."

그 말에 나는 얼떨결에 사람들에게 손을 흔들어주었다. 그러자 환호성이 두 배가 되었다.

그제야 난 내가 어디에 서 있는지 알 수 있게 되었다. 다름도 아니라 크루세이더 1주기 추도식이 열렸던, 그리고 잭 제이콥스가 임시 총통이 된 계기였던 '크루세이더 생존 연설'을 했던 그 광장이었다.

광장 저편에 세워진 커다란 스크린에 내 모습이 꽉 차게 비춰져 있었고, 그 스크린의 위에 대문짝만하게 현수막이 걸려 있었는데 이런 문자가 새겨져 있었다.

—환 영웅왕 폐하 영

이게 끝이 아니었다. 하늘에는 메시지가 적힌 애드벌룬이 떠 있었다.

—교단의 은인이자 세계의 영웅, 인류연맹의 영웅왕 폐하! 방문을 환영합니다.

"……"

이런 거에 익숙해져 있다고 말했었지. 아니, 지금 보니 그건 거짓말이었다. 내가 익숙해진 건 어디까지나 내 신도들이 내게 하는 것뿐이었다. 그런데 정작 내 신도들도 아닌 교단의 시민들이 나한테 이러니까 마냥 당황스럽기만 했다.

뭐야, 이거! 나한테 왜 이러는데!!

*　　　　　*　　　　　*

내가 한창 당황하고 있으려니, 스피커에서 갑자기 누군가의 목소리가 들렸다.

—이진혁 영웅왕 폐하 만세! 폐하께서는 유일 교단의 수배

자셨고 교단의 적으로 지정되셨으나, 이 모든 것은 브뤼스만 라이언폴드의 음모였음을 이제는 모르는 이가 없습니다! 브뤼스만이 마수를 뻗혀 유일 교단을 전쟁의 업화로 밀어 넣으려 하고 교단의 소중한 생명인 크루세이더들을 그 희생양으로 삼으려 들었지만, 영웅왕 폐하께서는 이러한 브뤼스만의 사악한 술책을 모조리 분쇄하고 크루세이더와 교단을 모두 구원하셨습니다! 그런데 폐하께오서 이루신 업적은 이뿐만이 아닙니다! 유일 교단에 있어 불구대천의 원수이자 사악하고도 강력한 적수인 만마전의 악마들을 모조리 무찌르고 도주했던 브뤼스만을 생포하시사 교단의 위협을 없애주셨으매 이는 영웅의 위업이라 일컬어져 마땅합니다! 인류연맹의 영웅왕 폐하께오선 우리 유일 교단의 영웅이기도 하다는 것을 감히 부정할 이는 없을 것이니! 장내에 계신 교단 시민 여러분께서는 큰 목소리로 영웅왕 폐하의 유일 교단 방문을 환영하여 주시기 바랍니다!

어따, 길다. 저 긴 걸 혀도 안 씹고 단번에 말하는 걸 보니 프로는 프로인 모양이었다. 스킬이려나. 스킬이겠지?

나는 다른 사람 이야기처럼 그렇게 생각했으나 아나운서가 한 이야기는 나에 대한 이야기였다. 그것도 한껏 꾸미고 덧칠한!

게다가 이걸로 끝난 게 아니었다.

―영웅왕 폐하, 만세! 영웅왕 폐하, 만세! 영웅왕 폐하, 만세!!

아나운서는 숫제 고래고래 소리라도 지르듯 외쳤고, 그의 외침에 맞춰 광장을 가득 채운 군중이 영웅왕 폐하 만세를 따라 외쳤다.

"흐억……."

굉장한 음압이었다. 다들 강건 능력치가 높아서 그런지 소리가 우렁차기도 하다. 그게 한두 명이 아니라 수천 명, 어쩌면 수만 명에 이르다 보니 아무리 나라도 한 걸음 물러나지 않을 수 없었다.

"영웅왕 폐하, 만세!"

그런데 소리가 뒤에서도 들렸다. 뭐지? 당혹해하며 뒤를 돌아봤더니, 잭 제이콥스도 아나운서의 신호에 따라서 영웅왕 폐하 만세를 외치고 있었다.

저건 또 뭐야? 내 시선을 받자 잭 제이콥스는 크흠, 하고 헛기침을 한번 하더니 단상을 가리키며 내게 이렇게 말했다.

"마이크가 준비되어 있습니다, 영웅왕 폐하. 한 말씀 하시죠."

이놈, 내심 이 상황을 즐기고 있음이 틀림없다.

어쩔 수 없지. 이대로 얕보인 채 수그릴 순 없다. 나는 단상

앞으로 나아가 마이크를 잡았다. 그러자 군중의 환호성이 잦아들었다.

"교단 시민 여러분, 환영해 주심에 감사드립니다."

나는 그렇게 운을 떼었다.

"더불어 이렇게 이야기를 꺼낼 귀한 자리를 마련해 주심에 교단 총통 잭 제이콥스 씨에게 따로 감사의 말씀을 올립니다."

마음에도 없는 이야기지만, 예의상 꺼낸 말이었다.

자, 그럼 이제 무슨 이야기하지? 학창 시절 교장선생님의 긴 훈화 말씀을 혐오했던 나지만, 그렇다고 이 한마디만 남기고 이대로 내려가는 건 진 것 같은 느낌이 들어 별로였다. 누구한테 뭘 지는 건지는 모르겠지만, 애초에 승패란 게 성립하는지도 모르겠다만 아무튼.

아무리 그래도 1분은 채워야 하지 않을까? 그런 생각에 고민하길 0.1초. 나는 결정을 내렸다.

"사실 처음에 저는 교단을 적으로 여기고 있었습니다. 그야 저를 죽이려 한 것이 교단 소속의 인퀴지터들이었으니까요. 이미 밝혀졌듯, 그들은 브뤼스만의 수하이자 신 가나안 계획을 진행하던 유배된 범죄자들이었습니다. 첫 인상이 좋지 않았던 셈이죠."

아나운서가 말도 해줬겠다, 아예 처음부터 이야기를 하기로. 이야기가 좀 길어지겠지만 하는 수 없지. 이게 다 잭 제이콥스 탓이다. 적어도 난 그렇게 여기기로 하며 계속 말을 이어 나갔다.

"이 시점에서 저는 제 시야를 넓혀주고 밝혀준 이의 이야기를 꺼내지 않을 수가 없습니다. 야코프 체렌코프. 전 크루세이더 12군단 군단장. 그는 저로 하여금 교단에는 나쁜 사람만 있는 게 아니고, 오히려 정의로운 사람이 더 많다는 믿음을 새기게 해주었습니다."

내가 처음으로 조우했던 크루세이더 군단장. 그가 바로 야코프 체렌코프였다.

그는 교단 수뇌부로부터 날 처치하라는 명령을 받고 그랑란트로 파견되었지만, 실제 목적은 악마들의 힘을 빌려 그를 비롯한 12군단을 희생시키고 전쟁의 명분을 만들어내는 거였다. 그 배후는 말할 것도 없이 브뤼스만이었고 말이다.

하지만 나는 그와 힘을 합쳐 악마 여왕 비토리야나의 군대를 물리쳤다. 그 과정에서 야코프 체렌코프를 비롯한 12군단은 브뤼스만의 의도대로 희생되고 말았지만, 그의 죽음은 개죽음이 아니었다. 나는 교단의 시민들에게 그렇게 말해주고 싶었다.

"그리고 교단에 와보니, 실제로 정의로운 사람이 많았습니다. 여기 계신 잭 제이콥스 총통을 비롯한 크루세이더의 장병 여러분. 그리고 다른 누구보다도, 교단의 혁명을 직접 이루어 주신 교단의 시민 여러분."

나는 군중들을 둘러보았다. 내 말에 뿌듯해하는 이들의 모습이 언뜻언뜻 보였다.

"이 모든 것을 제 힘으로 이뤘을 리 없습니다. 그러니 제게 감사하는 것은 잘못된 일입니다. 여러분이 여러분의 손으로, 여러분의 정의로 이룬 평화와 번영이니까요."

빈말인 것은 아니다. 실제로 나는 교단의 시민들에게 감사하는 마음을 품고 있다. 이들이 스스로 혁명을 이뤘기에 나는 세계혁명가로 전직할 수 있었으니까. 당연히 그것뿐인 건 아니지만, 솔직히 말해 내게는 그게 가장 컸다.

"이제까지 이렇게 말씀드리는 걸 뒤로 미뤄서 죄송합니다. 이 자리를 빌려 뒤늦게나마 말씀드리겠습니다. 교단 시민 여러분, 감사합니다."

나는 그렇게 연설을 마쳤다.

다행히 지나치게 길지도 않았고 심하게 지루하지는 않았던 모양이었다. 박수 소리와 함께 환호성이 나오는 것을 보면 말이다. 나는 안도의 한숨이 마이크를 향하지 않도록 주의해서 뿜어내고, 단상에서 물러났다.

"좋은 연설이었습니다."

잭 제이콥스는 눈물마저 훔치며 내게 말했다. 이 인간, 군인 출신 총통 주제에 너무 눈물샘이 약한 거 아니야? 그런 생각도 들었지만 뭐, 야코프 체렌코프를 추억하느라 그런 거겠지. 나는 그러려니 하기로 했다.

＊　　　　＊　　　　＊

아무튼 환영회를 어떻게든 마치고, 나는 교단 측에서 마련해 준 숙소로 향했다.

"아니, 난 쉴 필요 없는데."

빨리 브뤼스만 죽이고 돌아가고 싶다. 이게 내 솔직한 바람이었다.

"이것도 다 외교적인 절차입니다. 인류연맹의 영웅왕 폐하께서 바로 돌아가 버리시면 시민들이 어떻게 생각하겠습니까?"

"너 자꾸 그렇게 부를래?"

안 그래도 높임말 쓰는 것도 마음에 안 들어 죽겠는데 영웅왕 폐하는 또 뭐야.

"그래도 만찬까지는 즐기고 가시죠."

"오, 만찬!"

나는 마음을 바꿔먹었다.

물론 교단의 음식은 내가 직접 만든 요리보다 맛은 없다. 하지만 교단 사람들을 과식시켜서 얻을 수 있는 신앙을 생각하면 그냥 지나가기 아쉽다. 내 신도들을 과식시켜도 되지만, 같은 대상들로만 너무 자주 과식시키면 오히려 효율이 떨어지더라고.

"…테스카 정도는 데리고 올 걸 그랬나."

이런 상황이 되고 보니 [즐거운 회식]이 아쉽다.

"그래, 데리고 오자."

생각해 보니 데리고 오는 게 그렇게 어려운 일도 아닌데 뭘 고민하고 앉았냐. 나는 상태창의 [신] 탭을 열어 천사 항목의 테스카를 클릭하고 소환 명령을 내렸다. 그러자 내 눈앞에 테스카가 뿅 하고 나타났다. 편리하기도 하지.

"부르셨습니까, 이진혁 님."

그런데 당혹스럽게도 테스카는 알몸 상태였다. 변함없이 풍만한 가슴에 잘록한 허리, 그리고 큰 엉덩이였다. 온몸이 물로 젖어 있었는데, 목욕이라도 하고 있었던 모양이었다.

"응. 옷 좀 입어라. 왜 옷 안 입고 왔어?"

분명히 테스카 본인도 소환될 걸 알고 왔을 텐데 왜 다 벗은 채로 그냥 왔지?

"이진혁 님의 소환인데 제가 감히 한시라도 지체할 수 있을 리 없지 않습니까?"

"다음부턴 옷 입고 와."

"알겠습니다!"

테스카는 자기 인벤토리에서 옷을 꺼내다 입었다. 참, 이렇게 옷 입는 데 1초도 안 걸리면서 왜……. 그냥 나한테 알몸을 보여주고 싶었던 건가? 애초에 입은 옷도 비부를 걸쳐 가리는 식으로 조금만 격렬하게 움직여도 다 보이는 식이고. 흠, 테스카 노출증설에 한 표 보태겠다.

뭐, 테스카의 이런 모습은 이미 익숙해졌다. 딱히 짚고 넘어갈 일도 아니다. 그리고 이런 류의 변태는 관심을 가져주면 더 흥분하는 경향이 있으니 무시하는 게 낫다.

"영웅왕 폐하, 그분은?"

잭 제이콥스는 갑작스런 테스카의 출현에 놀라면서도 냉정을 유지한 채 내게 물었다.

"테스카야. 내가 필요해서 데려왔어. 아주 재미있는 고유 특성을 지니고 있지."

"미리 말씀해 주셨으면 그냥 제가 모셔왔을 텐데요."

"그땐 그냥 브뤼스만만 처형하고 바로 돌아올 생각이었거든? 너도 저런 걸 준비해 놨다고 내게 말도 안 했잖아."

저런 거라는 건 당연히 저 성대한 환영회를 말하는 거다. 일주일 기다려 달라더니 저런 거나 준비하고 있고 말이야. 만약 잭 제이콥스가 더 구시렁거리면 본격적으로 따져볼까 했더니만 그는 쉽게 납득하고 고개를 끄덕였다.

"그건 그렇죠. 알겠습니다."

김빠지게……. 뭐 아무튼 됐다.

"밥이나 먹으러 가자!"

*　　　*　　　*

만찬 자리에는 모르는 얼굴도 많았지만 익숙한 얼굴도 많았
다. 나와 함께 싸웠던 크루세이더 군단장들이 낯익은 축에 속
했다. 모두들 내게 밝은 미소와 함께 악수를 권했고, 나를 환
영하는 말을 남겼지만 이 남자보다는 덜할 것이다.

"영웅왕 폐하 만세! 유일 교단에 다시 방문해 주심에 환영
과 감사의 뜻을 표합니다! 그리고 교단이 아니라 저 개인의 입
장에서도 영웅왕 폐하를 크게 환영합니다! 감사합니다! 만세!
만세! 만세!!"

얼굴 표면적 전부를 웃음으로 가득 채우며 나를 향해 만세
삼창을 내지르고 있는 이 남자의 이름은 카자크였다.

"그래, 잘 지냈나?"

"결혼했습니다. 계신 곳만 알았더라면 청첩장을 보냈을 텐
데 참 아쉽군요."

"뭐?! 결혼?! 네가?!"

그게 물리적으로 가능한 일인지 사실 감도 잡히질 않았다.

"네. 사실 폐하께 새로운 [기아스]를 받고 이걸 어떻게 하면 가장 효율적으로 활용할 수 있을까 생각해 보니 누군가와 평생의 계약을 맺는 게 좋을 거 같아서 말이죠."

계약 말고 가약 아냐? 그런 태클은 걸지도 않았다. 걸어봤자 소용도 없는 태클을 걸어서 무엇 하겠는가?

"그래서 하루에도 수십 번씩 아내에 대한 배신 충동을 느끼면서 그걸 참을 때마다 돌아오는 쾌감 덕에 사는 게 아주 좋습니다."

그게 좋은 거 맞나……? 뭐, 본인이 좋다는데 뭘 어쩌겠냐만.

"오늘도 보십쇼. 아름답고 섹시한 처녀들이 이렇게 많이 모였는데, 제가 결혼만 안 했으면 다 꼬셔 버릴 수 있는데! 크 윽!!"

그 자신감의 근거는 대체 뭐냐는 추궁은 할 생각도 못 했다. 말하다 말고 갑자기 그 자리에서 부들부들 떠는 카자크의 모습에 나는 그를 모르는 척하느라 바빴기 때문이다.

"이놈은 왜 데리고 온 거야?"

대신 나는 내 수행원인 것처럼 내 뒤를 졸졸 따라다니던 잭 제이콥스에게 말을 걸었다. 그러자 잭 제이콥스는 상당히 난처해하면서도 대답은 멀쩡히 했다.

"저래 보여도 꽤나 유능한 인재라서……. 카자크가 지금 정부 감찰 기관의 수장입니다."

"아, 그 인스펙터인가 뭔가 하는?"

"알고 계시는군요. 그렇습니다."

뭐, 카자크가 유능하긴 하지. 그것만큼은 어떻게 부정하질 못해서 분하다. 카자크 덕에 교단 침투전을 유리하게 풀어나갔던 걸 생각하면 확실히 무시할 수 없는 능력자다.

"이제 저도 인사드려도 될까요? 영웅왕 폐하."

그렇게 잭 제이콥스와 속닥거리고 있으려니, 어디서 굉장한 미녀 한 명이 튀어나와 내게 말을 걸었다.

"정말 오랜만이네요. 이렇게라도 다시 만나 뵙게 되어 영광입니다."

응? 누구? 라고 입 밖에 내기 직전에야 나는 뒤늦게나마 미녀의 정체를 알아차렸다.

"줄리아 시저. 정말 너야?"

브뤼스만의 양녀이자 한때는 놈의 주구였던, 하지만 마지막에 양심선언을 했던 그 줄리아 시저였다. 사실 그때는 아주 아름답다는 느낌도 주지 않았고, 어딘지 모르게 비굴한 감이 있기도 했었는데 지금은 아주 달랐다.

자신 있게 어깨를 펴고 허리를 곧게 세운 그녀는 당당하고 아름다웠다.

*   *   *

"이제는 그런 이름이 아니지만, 그렇게 불렸던 여자 맞습니다."

줄리아 시저는 의외의 발언을 했다.

"그런 이름이 아니라고?"

하긴 잘 생각해 보면 아주 의외는 아닐지도 모른다. 줄리아 시저라는 이름은 양부인 브뤼스만이 그녀에게 지어준 이름이니까. 브뤼스만이 어떻게 됐는지, 그녀와 브뤼스만의 사이가 어떻게 틀어졌는지 생각하면 그녀가 자신의 이름을 버리고도 남았다.

"새로 자기소개를 드려야겠군요."

이제는 줄리아 시저로 불리길 원치 않을 그녀는 아주 고혹적으로 웃었다.

"제 이름은 이진아입니다. 괜찮은 이름이죠? 제가 직접 지었어요."

왜 하필 한국식? 아니, 여기에서 그 이유를 물으면 안 될 것 같은 직감이 퍼뜩 들었다.

"정말 많이 바뀌었군."

"자주 듣는 말이에요."

줄리아 시저, 이제는 이진아는 호호호 하고 웃었다. 예전 같았으면 절대 보여주지 않았을 모습이 신선하다.

"이게 다 영웅왕 폐하 덕이죠."

그렇다고 한다. 나를 아련하게 쳐다보는 모습이 인상적이다. 인상적이긴 했지만 나로선 역시 예쁜 인형 보는 것 같은 기분밖에 들지 않았다.

"저기, 이진혁 님. 우리 밥 언제 먹어요?"

그런데 내 뒤에 서 있던 테스카가 불퉁한 표정으로 내 소매를 당기며 물었다. 누가 봐도 이진아를 경계하는 그 모습에 나는 혀를 끌끌 찼다.

결혼한 유부남 주제에 질투하는 거냐?

입 밖에 내기엔 지나치게 껄끄러운 대사라 실제로 말하진 않았다.

"그렇군요. 슬슬 인사도 끝났겠다, 만찬을 시작하죠."

잭 제이콥스도 눈치 빠르게 끼어들었다. 나로서도 기꺼운 제안이었기에, 나는 이진아를 일별하고 잭 제이콥스의 인도에 따라 상석에 앉았다. 그래, 상석. 뭐, 여기까지 와서 상석을 거부할 이유도 없다. 이젠 익숙해질 때도 됐고 말이다.

그렇게 사람들이 다 자기 자리 찾아서 앉고 어느 정도 분위기가 정돈되자, 잭 제이콥스가 뜬금없이 이런 말을 했다.

"건배사는 인류연맹의 영웅왕, 이진혁 폐하께서 해주시겠습니다."

뜬금은 없지만 바라던 바였다.

"이런 자리를 마련해 주신 유일 교단 총통, 잭 제이콥스 님께 우선 감사의 말씀 드립니다. 교단 분들과 꼭 한 번 식사 자리를 마련하고 싶었는데, 이게 이렇게 성사되네요. 이미 한 번 드린 말씀입니다만, 환영해 주서서 감사합니다. 그럼 오늘의 만남을 기념하며, 건배!"

…라고 미리 생각해 둔 대사를 하며, 나는 잔을 들었다. 그러자 좌중의 모두가 잔을 들어 올려 주변 사람들과 부딪쳤다. 좋아, 이걸로 회식의 조건은 갖춰졌다.

[즐거운 회식]

테스카의 고유 특성이 이 자리의 모든 이들이 얻는 것을 다 같이 얻게 해줄 것이다.

그러니 먹고 마시자!

＊　　　　＊　　　　＊

[이진혁의 불]은 아직 켜지도 않은 상태였다. 교단의 음식은

내 요리에 비해 크게 맛있는 편도 아니었고 말이다. 그러나 회식이 시작되고 얼마 지나지 않아 사방에서 소란이 일었다.

"레벨이 올랐어!"

"이럴 수가! 이게 무슨 기적인가!?"

그러나 소란의 원인은 단지 내 [한계돌파]를 공유함으로써 발생한 레벨 업 때문만은 아니었다.

[라면 먹고 갈래?]: 매력적인 상대와 식사를 함께하면 발동. 일정 시간 동안 지구력, 회복력, 감각, 충동이 증가한다. 상대에게 큰 매력을 느낄수록, 음식이 맛있을수록, 사랑이 깊을수록 효과가 커진다.

[중요!] 반드시 이성일 필요는 없다.

"뭐야, 이건."

"우와, 이건!"

나와 테스카의 반응이 상반되었다.

"흠, 흠. 이진혁 님께선 아직 미혼이라 모르시겠지만 이 특성은 정말 굉장한 물건입니다. 한 집에 한 대씩 보급하고 싶을 정도입니다."

테스카가 내게 도발을 걸어왔다.

"그래, 뭐. 어쨌든 능력치가 올라가니 좋은 거겠지."

나는 대충 흘려 넘겼다. 이 특성을 공유함으로써 무슨 일이 일어날지 아직 모르기 전까지는 그랬다는 의미였다. 그리고 비극이 일어나기까진 채 몇 분 걸리지도 않았다.

충동이 증가한다는 건 사람을 충동적으로 만드는 효과였다. 그래, 뭐 테스카 말대로 신혼집에서 신혼부부 둘이 있을 땐 둘을 행복하게 만들어주는 효과일지도 모른다. 하지만 여기는 공적인 자리고 사람들이 많은 만찬장이었다.

이성에게 막무가내로 들이대는 사람들은 그나마 좀 나은 편이었다. 서로 그 자리에서 메이킹 러브를 시작하는 사람부터 이성을 덮치려다 제압당하는 사람까지 생겨나 완전히 개판이었다.

그래도 만찬에 참여하지 않은 경호원들은 제정신이었던 덕에 범죄를 저지르려던 사람들은 곧장 제지당하긴 한 게 다행이라고 해야 하나.

나야 뭐 야코프 체렌코프의 유산인 [불굴의 권능]으로 저항해 냈지만, 만찬회장이 난장판이 되는 것도 시간문제였다. 그리고 다른 무엇보다, 내가 귀찮은 상황에 놓여 버리고 말았다.

"영웅왕 폐하! 저랑 결혼해 주세요!"

"아니야! 영웅왕 폐하는 나랑 자야 돼!"

"영웅왕 폐하! 이쪽 좀 봐주세요! 아앗, 영웅왕 폐하!!"

일전에 매력을 999까지 올려 버린 탓일까, 나를 상대로 충동적으로 굴며 1차원적인 욕망을 실현하려는 놈들이 너무너무 많았다.

내게 무턱대고 소리를 질러대는 놈은 그나마 좀 낫다. 그런데 서로 싸우기 시작한 놈들도 생겨나더니, 날 유혹하겠답시고 가슴 앞섶을 뜯어서 자길 보라며 종용하는 사람마저 나타났다.

놈? 그래, 놈이다. 당연한 건지 어떤 건지는 모르겠지만 남녀노소 불문하고 내게 들이대고 있었다.

"핫하하, 다들 일차원적이네요."

"이게 웃을 일이냐."

테스카에겐 이 상황이 유쾌하게 보이나 본데, 나는 아주 기분이 나빴다.

물론 이들을 제압하는 건 손가락 하나 이상 쓸 필요도 없이 그냥 염동력으로 막기만 해도 되지만, 그냥 이 상황 자체가 굉장히 기분 나빴다.

객관적으로 볼 때 다들 예쁘고 아름답고 멋진 사람들이지만, 모든 천사는 내겐 예쁘장한 밀랍 인형처럼 보일 뿐이었다. 아니, 예쁘장한 친동생 쪽이 더 적절하려나, 성별이 남자인. 내 안의 인식이 이렇다 보니 저렇게 들이대는 모습이 내겐 그저 혐오스럽기만 하다.

이 불쾌한 상황을 오래 견딜 수 없었던 나는 어쩔 도리 없이 바로 루시피엘라를 소환했다.

그나마 루시피엘라가 더 이상 타천사가 아닌 게 다행이다. 바로 얼마 전에 내 천사가 된 데다, 타천사 종족값도 내가 티켓으로 뽑아냈으니 말이다. 교단에서 백안시당할 일도 없겠지. 그래서 거리낄 것 없이 불러낼 수 있었다.

"부르셨나이까, 주여."

"응, 마셔."

갑작스런 소환에도 군말 없이 응해 이 자리에 나타나자마자 내 위치부터 확인하고 바로 부복한 루시피엘라에게 나는 아무 말 없이 일단 술부터 먹였다.

그러고 나서야 사람들이 좀 진정하기 시작했는데, 그 이유는 루시피엘라의 고유 특성 덕이었다.

[참는 자에게 복이 있나니(Blessed Endurance)]: 쾌락, 욕망, 고통, 유혹 등의 자극을 좀 더 잘 견디게 해주고 견뎌낼 때마다 더 높은 저항성과 면역력을 얻게 된다. 특정 자극으로부터 일정 이상의 저항력과 면역력을 손에 넣을 때마다 깨달음 포인트를 얻을 수 있다. 일정 이상 깨달음 포인트를 얻을 때마다 영혼의 격이 상승한다. 또한 깨달음 포인트를 일시적으로 소모해 본래 버틸 수 없는 자극으로부터 저항하는 것에 도움을 받을 수 있다.

이 특성을 [즐거운 회식]으로 공유받고서야 비로소 사람들이 [라면 먹고 갈래?]로 인한 충동을 참아낼 수 있게 되었다.

"오, 이런! 내가 무슨 짓을!!"

"무례를 용서하여 주시옵소서, 영웅왕 폐하!!"

이성을 되찾은 사람들 중 이제껏 내게 껄떡대던 사람들이 내게 사과를 했지만, 난 사람들의 사죄를 받지 않았다. 정확히는 그러지 못했다. 그럴 만한 이유가 있었다.

왜냐하면 이 [라면 먹고 갈래?] 특성을 공유해서 생겨난 충동을 저항하는 것으로도 깨달음 포인트를 얻을 수 있음을 알게 되었기 때문이다.

"개똥도 쓸데가 있다더니만!!"

이미 불멸자의 지위를 손에 넣은 나지만, 그래 봐야 아직 격으로 따지면 하급 신일뿐이다.

잡신에서 벗어난 게 어디냐며 감지덕지하던 것도 이제는 옛일, 나는 이제 슬슬 하급 신의 '하급' 부분도 마음에 안 들기 시작했다.

이걸 중급이나 보통으로 올리려면 뭐가 필요할까? 물론 신앙도 필수 불가결하지만, 그보단 직접 격을 올리는 게 더 빠르고 효과적이다.

이제까지도 비토리야나에게 [유혹의 권능]을 걸어달라고 부탁해서 깨달음 포인트를 쌓긴 했지만, 권능 스킬 쓰는 게 공짜도 아닌데 계속 걸어달라고 할 수야 없다.

그런데 이 [라면 먹고 갈래?] 특성은 코스트 면에서 매우 합리적이다. 밥과 술만 계속 공급할 수 있으면 사실상 무한대로 지속시킬 수 있으니 말이다!

"테스카, 찾아!"

찾으라는 건 물론 [라면 먹고 갈래?] 특성의 소유자다. 테스카라면 찾아낼 수 있을 것이다.

"넵!"

테스카 또한 눈치 빠르게 바로 움직이기 시작했다. 실로 믿음직하다.

*　　　　*　　　　*

결과.

"영웅왕 폐하께서 절 다시 찾아주시니 영광, 영광이나이다!"

[라면 먹고 갈래?].

이 정신 나간 특성의 소유주는 다름이 아니라 바로 카자크였다.

"아……. 어울리네."

그러고 보니 이 남자, 여자에게 작업 거는 것에 일가견이 있는 것처럼 말하더니 근거 없는 자신감은 아니었다. 이런 특성이 있으면 그야 작업이 쉬울 법도 하니. 상대가 자신에게 아주 약간의 호감만 품어도 바로 본게임에 들어갈 수 있는 이런 특성을 갖고 있다면 말이다.

"치트잖아."

아주 치트키였다.

사실상 고유 특성 [한계돌파] 하나로 여기까지 기어 올라온 내가 할 말은 아니지만, 그렇다고 이 특성이 치트가 아니게 되는 건 아니다.

"그런데 폐하, 무슨 일로 저를 다시 찾으셨나이까?"

카자크의 그 질문에 나는 말문이 막혀 버렸다. 원래대로라면 이 특성을 지닌 자를 잘 꼬드겨서 그랑란트로 귀화시키려고 했는데, 그게 불가능해졌으니 말이다.

왜냐고? 이 남자를 일행으로 들이라고? 내가 싫은데?

그래서 불가능해졌다.

그러나 나는 곧 대안을 생각해 냈다.

"재미있는 특성을 지니고 있던데."

"그거 이미 말씀하셨습니다만."

"그거 나한테 팔아라."

브뤼스만에게서 빼앗은 [티켓 발행인] 특성이라면 남의 특성을 티켓화해서 추출하는 것도 가능할 거다. 해보지는 않았지만⋯⋯.

만약 안 되면 [착취의 권능]으로라도 가져올 수 있을 터다. 즉, 거래가 가능하다. 그래서 나는 그렇게 제안했던 건데⋯⋯.

"거절합니다."

카자크는 딱 잘라 거절했다.

그야 그럴 테지. 나 같아도 누가 [한계돌파] 팔라고 하면 거절하겠다. 더 이상 레벨 업을 못 하게 되는데 팔겠냐.

"그래, 못 들은 걸로 해둬. 미안."

내가 너무 막 나가는 거래를 제안했다. 나는 반성하며 고개를 돌렸다. 그러자 카자크가 나를 붙잡으며 이렇게 말했다.

"아니, 이유는 들으셔야죠."

별로 듣고 싶지 않았지만 이쪽이 무리한 요구를 한 것도 있겠다, 예의상 그냥 듣기로 했다.

"이 특성 덕에 [배신하지 마] 기아스로 얻을 수 있는 쾌감을 극대화할 수 있는 건데, 제가 왜 이 특성을 포기하겠습니까?"

"그렇구나."

이젠 진짜 더 듣고 싶지 않았기에 나는 대충 고개를 끄덕이고 자리에서 일어나려고 했다.

"자, 잠시만! 잠깐만 기다려 주십시오!!"

그런데 카자크가 반응이 다급해졌다. 얘가 왜 이러지?

"왜? 안 파는 거 아니었냐?"

"…원하시는 거 아니었습니까?"

아무래도 카자크는 튕기면서 값을 올려보려고 했던 모양이었다. 어쨌든 팔 마음은 있다는 건가? 그러나 이미 늦었다. 팔고자 하는 마음을 들켜 버렸으니, 거래의 주도권은 이쪽으로 넘어왔다.

"그야 원하기는 하지만 난 포기를 할 줄 아는 사람이라."

"제가 졌군요! 원하시는 가격에 팔겠습니다."

카자크는 실로 시원하게 백기를 들었다.

"대신 조건이 있습니다."

하긴 그렇지. 원하는 게 있으니 약해지는 거겠지. 인간에게 욕망은 약점이다. 나도 이제는 필멸자가 아니고, 카자크도 천사지만 아무튼.

"말해봐."

제시요.

그러나 나는 그 판단을 곧 후회하게 되었다. 카자크의 요구

사항이 이거였기 때문이다.

"저한테 [기아스] 하나만 더 걸어주시면……."

아, 더 할 말이 없다. 이 쾌락에 솔직한 놈 같으니라고.

『레전드급 낙오자』 10권에 계속…